# 強くて優しい

（『心に龍をちりばめて』改題）

白石一文



祥伝社文庫

# 目次

美帆《みほ》の右の腿《もも》の内側には蛇のような形をした赤い大きな痣《あざ》があった。生まれたときからのものらしく、そのせいで彼女はずっと人前で水に入ることができなかった。母の早苗《さなえ》は言った。「もう少し大きくなったら、その気味の悪い傷をきれいに取ってもらいましょうね。それまでの辛抱よ」。だけど結局、小学校五年の春に手術を受けてのちも、美帆は誰かと一緒に屋外で泳ぐことはしなかった。娘が外で水着姿になるのを早苗が嫌ったためだ。今度の理由は、「せっかくの白い肌が太陽のせいで台無しになってしまうでしょう」。

ほんとうは美帆はあの太腿の痣を消してしまうのが厭《いや》だった。

自分を産んでくれた母とのたった一つのつながりが失われるのが悲しかった。でも母にそんなことを言うのは子供心にも憚《はばか》られた。早苗は美帆を我が子のように育ててくれていたし、弟の正也《まさや》が生まれたあともそれは変わらなかった。

手術当日の夜、傷の痛みで寝つけないでいる美帆のそばに母は一晩中ずっと寄り添っていた。明け方うとうとして、目が覚めてみると病室はすっかり明るくなっていた。

母が顔を覗《のぞ》き込んでいる。

「おはよう」

目が合うと早苗が言った。

「おはよう」

返したあと、わずかな間を取った。美帆には確かめたい大切なことがあった。

「おかあさん、いつ来たの？」

さり気なく訊《たず》ねる。

「ついさっきよ。昨日は痛くなかった？　ちゃんと眠れた？」

「うん。ぜんぜん痛くなかったし、よく眠れたよ」

美帆は答えて、美しい母の安堵《あんど》の笑顔から視線を逸《そ》らした。

目を閉じて、心の中で呟《つぶや》いた。

――おかあさん、ありがとう。

# 急流

あの日は何て暑かったのだろう。もうどうしようもないくらい暑かった。二〇〇三年の夏、遮《さえぎ》るものも皆無の河原一帯には夏の光が照りつけ放題で、容赦のない陽射《ひざ》しが川面《かわも》の水をみるみる蒸発させていく。美帆たちが到着した時分には、風はすっかり凪《な》いでしまい、むせ返るような水の匂《にお》いだけが周辺に立ち込めていた。

「かたせ桜花園《おうかえん》」の子供たちは我先にシャツやズボン、スカートを脱ぎ捨て、下に身につけてきた水着ひとつになって川に駆け込んでいった。子供たちの立てる水音や撒《ま》き散らす飛沫《しぶき》のおかげで幾《いく》らか暑熱が薄まるような気がした。ただ、それも束《つか》の間《ま》のことだった。

児童養護施設である桜花園には百五十人近くの児童・生徒たちがいたが、お盆前とあって、大半の子供が里帰りしていた。川遊びに参加したのは、たぶん三、四十人くらいだったと思う。下は三、四歳のちびちゃんから上は高校生まで。といっても幼児や高校生の数は少なく、大半は小学生と、美帆と同年輩の中学生の子たちだった。

指導員のお兄さん、お姉さんも川に入って、子供たちを見守りながらも冷たい水の感触を楽しんでいる。めずらしいことに父の俊彦《としひこ》もサーフパンツにTシャツという姿で正也と共に水に浸《つ》かっていた。

美帆一人だけ、河原の大きな石に腰掛けて歓声やはしゃぎ声を上げる人々の愉快そうな姿を眺めていた。

前の晩、どうせ泳げないのだから行きたくない、と早苗に言った。年に一度のフラダンスの発表会を半月後に控え、踊りの稽古《けいこ》に精出していた母は、

「本ばかり読んでいないで、たまには外の風に吹かれるのもいいわよ」

とふだんとは反対のことを言い、

「この前買ったワンピースを着ていけばいいじゃない」

と娘の気持ちをそそってきた。

白い麻地に紫のあじさい柄のノースリーブのワンピースは博多《はかた》のデパートで何時間もかかって選んだ美帆のお気に入りだった。迷い始めた娘の心を見透《みす》かすように早苗は愛用の日傘を持ち出してきた。レースのフリルのついた真っ白な日傘も、一度使ってみたいとかねがね思っていたものだった。

「あのワンピースにこの日傘をさしていけば、美帆ちゃんに見惚《みと》れて、みんな川で泳ぐど

ころじゃなくなるわよ」

この一言で、美帆は父たちと一緒に片瀬川《かたせがわ》に出かけることに決めた。

片瀬川は片瀬市の中央を流れる福岡県有数の一級河川で、源流をたどれば遠く英彦山《ひこさん》に通ずる。町場では穏やかだが、市街地を抜け山岳地帯へとさかのぼっていくにつれ急流へと様変わりする。別名竜神川《りゅうじんがわ》とも称され、夏場は鮎《あゆ》釣りの漁場として有名だった。といっても鮎が上る渓流は本片瀬《ほんかたせ》と呼ばれる本流の方で、その支流である新片瀬《しんかたせ》は市内から車で一時間も走ったところにダムが作られ、ダム湖によって川筋は堰《せ》き止められていた。

美帆たちが出向いたのは、南片瀬《みなみかたせ》ダムのある新片瀬の方だった。ダム湖の周辺にはキャンプ場が作られ、湖の上流は子供たちにとって恰好《かっこう》の川遊びの場所となっていた。

事件が起きたのは午後のことだった。

園が用意したお弁当をキャンプ場で食べ、一度着替えた子供たちは、ほとんどが昆虫採集や浅瀬での魚獲り、キャンプ場の人に案内されての自然観察ハイキングに回ったが、十人ほどだけは、もう一度水着になって川に戻った。小三の正也も高学年の児童や中学生に混じってふたたび泳ぎ始めた。

午後になるとようやく風も出て、日差しも和《なご》み、美帆たちは草の生《は》えた川岸に腰掛けて涼しい川風に当たっていた。

昼の休憩時間、子供たちがひっきりなしにそばに寄ってきてろくろく寛《くつろ》げなかったこともあり、美帆はいつのまにかうとうとしてしまった。

「一人流されたぞー」

という大声が聞こえ、不意に我に返った。隣に座っていた父はすでに立ち上がっていた。美帆も立ってその視線の方角を見ると、わらわらと広い寄洲《よりす》に人が集まりだしていた。父がそこへ駆け出す。美帆も反射的にあとにつづいた。寄洲の集団が川下へと移動していくのが見える。

「あれは誰やー」

という指導員のお兄さんの甲高《かんだか》い声が響いた。

「小柳《こやなぎ》君です」

という子供の返事が聞こえる。前を走っていた父が、

「まさやー」

と叫んで全力疾走になる。

父は指導員たちに合流してダム湖方向へと川岸を走り始めた。美帆も懸命に追いすがった。正也の姿が見えたのは、寄洲が途切《とぎ》れる寸前だった。ちょうど川のカーブが大きくなり、その真ん中を小さな身体が浮き沈みしながら流されていく。

水着姿だった指導員が寄洲の縁から川に入った。ずんずん川中へと進む。水の深さは想像以上だ。あっという間に胸のあたりまで没した。だが、彼は流れに乗ることはせず、そのまま引き返してきてしまった。

「駄目や、流れが速すぎる」

そう言って唇を噛《か》む。

草の生えた川岸を進みながら父は息子の名前を連呼している。

「おとうさん、早く正也を助けて!」

美帆は背中に何度も呼びかけた。だが、父は大声を出すきりだった。五十メートルも伴走しているうちに正也の動きが鈍くなってきたのが分かった。それまでは平瀬の流木などに何とか摑《つか》まろうと手を伸ばしていたが、もう何もしなくなった。

「おとうさん、このままじゃ溺《おぼ》れちゃうよー」

美帆は絶叫した。一緒に走っている大人たちの誰一人として飛び込もうとしない。無抵抗に流されていく正也の姿を血走った目で追っているばかりだ。たしかに流れも速く水量も多い。それでも目の前で九歳の子供が溺れかけているのだ。

そのときだった。後ろからいつの間にか追いついてきた少年が大人たちの人垣を割って一段高くなった土手に立つと、ためらう素振りもなくぽんと頭から川に飛び込んだのだった。

少年はすいすいと抜き手を切って、正也に近づいていった。

大人たちは足を止め、にわかに色めき立った。

「優司《ゆうじ》、もっと左やぞー」

指導員の一人が手でメガフォンを作って少年に呼びかける。よく聞こえているのか、少年はすぐに進路を左に変える。川の流れに従っているとはいえ素晴らしい泳ぎだった。

ものの一分もしないうちに彼は正也をとらえた。背中から正也の首の辺りに左腕を回し、今度は流れに逆らってみんなが待っている川岸へと泳ぎ始めた。正也はぐったりとした様子だったが少年に身を任せ、時折、近づいていく岸辺の方へ視線を寄越《よこ》している。

正也を抱《かか》えていることもあってか、さすがに少年は泳ぎづらそうだった。

「優司、あとすこしや。頑張れ」

大人たちがこぞって岸の土手から励ましている。ずいぶんかかってようやく少年は川岸に到達した。いまや美帆の目にも彼の顔がはっきりと見える。

去年、同じクラスにいた仲間《なかま》優司だった。

父が草地にひざまずいて二メートルほど下にいる正也に手を伸ばす。優司は空いた右手で土手から飛び出した木の根を摑んで身体を保持すると、首に回していた左腕を正也の脇《わき》の下まで慎重にずらし、一気に力を込めて正也の上半身を持ち上げた。

そのとき優司の上腕の筋肉が一瞬紅潮し、たくましく盛り上がるのを、美帆は父の隣で息を詰めて見ていた。

息子の突き出した手に父の手がつながれる。正也が岸に上げられると歓声が沸《わ》いた。

だが、美帆は弟には一瞥《いちべつ》をくれただけで、今度は指導員の一人が差し伸べた手にいましも摑まろうとしている仲間優司を注視していた。目の前の優司の顔は蒼白《そうはく》で、唇は雨の日のミミズのような紫に変色していたからだ。

「優司、しっかり摑まれよ」

あれはたしか雅光《まさみつ》兄さんだったと思う。桜花園で子供たちに一番人気のあった指導員で、美帆も親切な彼のことが好きだった。

仲間優司は伸びてきた大きな手を握り、木の根にかけていた右手も離して雅光兄さんの腕を摑んだ。

「よし、引きあげるぞ。その手ば絶対に離すなよ」

兄さんはそう言って中腰の姿勢から上体を反《そ》らせた。

優司が土手の土に足を掛けながらゆっくりと上がってくる。

結ばれていた手が切れたのは、あとすこしで優司の顔が土手の際に現れる寸前だった。

「あーっ」という雅光兄さんの声と共に優司はふたたび川に落ちていった。仰向《あおむ》けに河水に投げ込まれていく優司の目が食い入るように美帆の瞳《ひとみ》を見つめていたのをよく憶《おぼ》えている。

そして、口許《くちもと》にうっすらと笑《え》みを浮かべていたことも。

仲間優司が急流に流されていく場面は、以来、何度も何度も夢に出てきた。その夢を見るたびに美帆の心は凍りついてしまうようだった。

## 再会

処置室からその男女が出てくると、患者たちのあいだに静かな緊張が走るのが分かった。男女も雰囲気を察したのか、細長いベンチが並ぶ待合ロビーの前でしばらく立ち止まり、やがて女が男を引っ張るようにして一列目の誰もいないベンチに陣取った。そこは美帆が腰かけているちょうど斜め前だった。二人が近くに来ると、美帆と同じ列に座っていた数人がじきに席を立った。後方の気配は二人にも分かっているようで、一度女が振り向いて、移動していく子供連れの若い母親をちらりと見た。その瞳には何の色もなかった。きっと慣れっこになっているのだろう。

美帆は俯《うつむ》き加減にしながら、二人の様子を観察していた。他の患者のように席を立つ気は起きなかった。それより両隣にいたマスク姿の中年男性と若い男がいなくなってほっとしていた。少なくとも前の男女はインフルエンザではない。彼らのおかげで感染者たちが消えてくれたのだから感謝したいくらいだった。

昨夜から熱が出て、今日一日実家で寝ていたが下がらなかった。昨年五月に新型コロナの扱いが二類から五類に変わり、世間の自粛ムードは一気にゆるんだ。そのせいもあってか今年は近年稀《まれ》にみるほどにインフルエンザが大流行し、もしやと思ってこんな夜更けに救急外来を訪ねたが、さきほどの診察によれば、ただの風邪《かぜ》だろうとのことだった。それでも念のためにと唾液を採取され、検査結果が出るのを待っているのだ。

明日は昼前の飛行機で東京に戻り、午後は大事な打ち合わせが入っている。あの超売れっ子の古市《ふるいち》先生にまさかインフルエンザをうつすわけにはいかないから、念押しの検査は美帆も望むところだが、病院でウイルスを貰《もら》ってしまうのは真っ平御免だ。

ただの風邪ならば薬を飲んでもう一晩眠れば熱も下がるだろう。三十四歳とはいえまだそれくらいの体力は持ち合わせていた。

それにしても大きな男だ。上背はさほどでもないが、胸の厚みや四肢の太さが尋常ではない。外は十分肌寒いというのに半ズボンにTシャツ姿で、首と手首に重そうな金色のチェーンを巻いている。ネックレスもブレスレットも純金製の値打ち物のようだ。アメフトかラグビー選手、またはレスラーとでも言いたいところだが、醸《かも》し出す空気がまるで違う。頭は丸坊主《まるぼうず》で、眉《まゆ》も剃《そ》り込んでいる。年齢は二十五、六だろうか。しかめっ面の横顔しか見えないので容貌《ようぼう》は評しがたいが、まともな生業《なりわい》の者でないことは明らかだった。

男は左手の指に包帯を巻いていた。その指が痛むのか、体軀《たいく》に似合わず時折小さな呻《うめ》き声を上げている。渋面もそのせいだ。最初は小指なのかと思ったが、よく観察すると小指ではなく薬指だった。男の小指は第一関節から先がなく、分厚い包帯に隠れて見えなかったのだ。

一緒にいる女はまだ二十歳《はたち》前だろう。男が呻くたびに心配そうに顔を覗き込み、何か小さな声で囁《ささや》いている。くしゃくしゃの髪は金髪に近く、ネオンカラーの花柄のワンピースからは細い足が太腿まで露出している。膝《ひざ》の上に置いているのは黒のドレスコート。ピンク色のデニムのバッグはヴィトンのようだが恐ろしくダサい。しかし、厚化粧の下の顔立ちは整っていた。小顔にバランスよく目鼻口が並び、ことに黒目がちの大きな瞳が美しい。美女と野獣とはこのことだ、と美帆は思っていた。

三十分ほどのあいだに三十人近くいた患者たちが半分以下になった。時刻は十二時を回り、新しい患者もやって来ない。

だからもう一人の男が救急入口の両開きの自動ドアから入ってきたときは、久しぶりの来院者に皆の視線が集中したのだった。美帆も思わず顔を上げていた。

男は二人を見つけると、軽く手を上げて近づいていった。

大男の方は男を認めた瞬間にベンチから立ち上がっていた。隣の女も慌《あわ》てたようにあとにつづいた。

二人とも直立不動の姿勢で男を出迎えた。

こんな夜更けだというのに男はミラーレンズの嵌《はま》ったサングラスをかけている。紺地に細いストライプの入ったスーツを着て、下は白いシャツにノーネクタイだった。髪は大男のような坊主頭ではないが短く刈り込んである。サングラスのせいで顔立ちは判然としない。頬《ほお》はこけて精悍《せいかん》な感じだ。肌はゴルフ焼けのように浅黒かった。細身だがどこかしら迫力のある体型をしている。仕立てのよさそうなスーツが身体に密着しているため両腕や腿の筋肉の有様が窺《うかが》われる。引き締まったいい肉体だった。よく見ると小さい顔に比べて首がやけに太い。それが、いくぶん肉食恐竜じみた印象を与えていた。

ベンチから離れてしまったうえに声が低いので三人のやりとりは聞き取りづらい。美帆は耳をすます。

「なして、こげんバカなヘマすっとか。親御さんからいただいた大事な身体やろうが」

スーツが大男にやや強い調子で言っている。

「何で俺にすぐ知らせんとか。リリコもリリコやろうも」

スーツの言葉に二人は黙って俯いていた。

「もう二度とすんなよ」

言われて大男が「すんません、兄貴」と頭を下げた。その坊主頭を抱き寄せ、スーツが広い背中を何度か撫《な》ぜてやった。リリコと呼ばれた女の方はいまにも泣き出しそうな表情になっている。

それから三人はスーツを真ん中にベンチに座った。

座る直前、スーツがサングラスを取った。後ろの列にいる美帆と目が合う。向こうが訝《いぶか》しげなまなこになった。美帆の方は何となく諒解《りようかい》していた気がしてそれほどの驚きはない。大きくて切れ長のやさしい目の持ち主だった。だからサングラスなんだ、と美帆は思う。彼のような商売にこんな目は似つかわしくない。

どこに行っても見知らぬ男たちにまじまじと見つめられてきたから、ぶしつけなほどの視線にも美帆は動じたりしない。相手を見るでもなく、だが目線はちゃんとスーツの方に向けている。

何か話しかけてくるか、と思ったが、スーツはしばし美帆を見ただけでそのまま背を向けてしまった。

ほどなく診察室に呼ばれた。検査の結果はやはり風邪だった。看護師から処方箋《しょほうせん》と診察券を受け取り、薬剤部に向かった。この片瀬《かたせ》市民病院に来たのは数年ぶりだが、ずいぶん立派になっている。新館にある薬剤部の夜間窓口までは長い連絡通路を渡らなくてはならなかった。

薬を受け取り、待合ロビーに戻ってみると、もう三人連れはいなくなっていた。美帆はほっとした反面、ちょっと肩透《かたす》かしを食らったような気分でもあった。

会計を済ませて、タクシーを呼ぶためにバッグからスマホを取り出す。配車アプリを立ち上げたところで背後から肩を叩《たた》かれた。びっくりしてスマホを取り落としそうになりながらも、顔を上げる。

あのスーツが立っていた。

「小柳、久しぶりやな」

仲間優司は言った。

トイレに行っていたという大男たちと病院の玄関で引き合わされ、結局、優司に家まで送ってもらうことになった。

病院の駐車場にとまっていた車は黒い大型のベンツだった。助手席に座って優司が運転席に回るのを待っていると、見送りに来ただけかと思っていた大男とリリコも一緒に後部座席に乗り込んできたので美帆はちょっと意外だった。

「あねさん、すんません」

坊主頭のお辞儀姿がバックミラーに映っている。名前は研一《けんいち》というらしい。「研究の研に一、二の一で研一です」と先ほどかしこまりながら名乗っていた。リリコの方はどういう字を書くのか分からない。本名かどうかも怪しい。

「リリコんちが近所なんだ。悪いけど先に送っていってよかね」

シートに座った優司がエンジンをかけながら言ってきた。

「うん」

美帆は頷《うなず》く。

かつての同級生といっても仲間優司とは高校二年のあの日以来の再会だった。正確に数えれば十八年ぶり。優司が博多に出てやくざになったという話は小耳に挟んだことがあるが、こうして会ってみると風貌も身なりも雰囲気もまさしくやくざだ。少年時代と変わっていないのはサングラスの下の二つの目だけだった。

そんな男の車にのこのこ乗ってしまうのは不用意と言えば不用意だが、美帆に別段不安はなかった。

研一とリリコの様子を眺めているうちに、何となく今夜この病院に優司がやって来るような気がしていた。やくざ者を目の前にしての単なる連想だったかもしれないが、美帆の場合、そうした予感は案外現実になる。

「どっか悪かったと?」

車を出してすぐに優司が訊《き》いてきた。

「ただの風邪。もう熱も下がってきたみたい」

たしかに熱も悪寒もいつの間にかおさまっている。

「家は老松《おいまつ》のまんまなんやろ」

「うん」

美帆の実家は老松町という古い住宅街にある。市の中心に建つ市民病院から南に車で二十分ほど行ったところだった。三歳になる前に両親と共に東京から来て、以降、ずっと老松で育った。むろん家は十年ほど前に建て替えられていた。

優司は黙々と運転する。無口なところは相変わらずのようだ。

市役所や警察署の前を抜けて国道に入る。行き交《か》う車は少なく、明かりのついている建物はコンビニくらいで舗道を歩いている人影もほとんどない。

美帆が事務所兼自宅を構えている表参道《おもてさんどう》とは似ても似つかぬ風景だ。自分はこんな何もない町で十八の歳《とし》まで育ったのだ、と思う。もとより故郷への愛惜など彼女にはこれっぽっちもない。

後ろの二人は勝手に喋《しゃべ》り合っていた。

「何な、そらあ」

研一が憤慨している。

「俺は昼から何も食っとらんとばい」

「そんな急に言われたって、何もないよ」

「何でんよかと。何かあろうも」

「ないよ。うちの冷蔵庫空《から》っぽやけん」

ほどなく研一が身を乗り出してきた。

「兄貴、すんませんけどその先のガストで降ろしてくれんですか。俺、腹が減ってたまらんですけん」

「今日は何も口にせんで寝た方がよか。麻酔も打ったっちゃろうが」

優司が言う。

「やけど、この痛みやとどうせ眠れそうになかですけん」

優司が来てからは研一はさすがに呻いたりはしなかった。だが、やっぱり痛いのだろう。眠れないほどの痛みなのに空腹というのも不思議だが、研一の身体だと納得できないこともない。

「兄貴、頼みますけん」

「お昼から何も食べてないなら、食べた方がいいかも」

美帆がつい口を挟む。

優司は何も言わずハンドルを切って左車線に移る。

「あねさん、ありがとうございます」

研一は見かけによらず律儀《りちぎ》な男のようだ。リリコは黙っている。

ベンツはガストの駐車場に入った。真夜中だというのに数台の車がとまっていた。

優司が車をフラップ板の方へバックさせ始めると、「兄貴、ここでいいですけん」と研一が慌てた口調になる。

「そげんはいかんやろう。お前たち二人だけにしといたら酒まで飲みかねん」

そう言って優司はエンジンを切った。

「小柳、そういうことやけん店でタクシーば呼ぶよ。送っていけんようなってすまん」

「だったら私も何か食べる」

美帆は咄嗟《とっさ》に口にしていた。なぜそんなことを言ったのか自分でも分からなかった。ただ、優司たちと会ってにわかに元気になったことはたしかだ。それに彼女も今日はろくに食べていなかった。

車を降りて店の出入り口に向かう。研一の後ろ姿を間近に見る。恐ろしく大きい。二の腕だって美帆の腿くらいの太さはあるだろう。ふと振り返ると、リリコは車の正面に佇《たたず》んだままだった。引き返して彼女のそばに寄った。

「行かないの?」

ベンツのボンネットを見つめているリリコに声を掛けた。

「おねえさん、ほら、ひかりってほんときれいだよね」

うっとりした声でリリコが言う。磨きこまれた車体が店内の明かりにきらきらと輝いていた。

「ひかりって、きれいなものをどんどんきれいにしてくれるよね」

リリコが美帆の方へ顔を向けた。

「あたし、おねえさんみたいにきれいな人に初めて会ったよ。女優さんかと思っちゃった」

美帆はいつものように薄い笑みを浮かべる。

「あなたもとてもきれいだわ」

「そうかな」

リリコが嬉《うれ》しそうな顔をした。

「じゃあ行きましょう」

リリコが頷く。出入り口の方を見ると優司たちが待っていた。

## 命の恩人

三月十八日、時刻は一時を過ぎていた。店に入るとすぐ、

「兄貴、デカ盛りは駄目ですか」

とフロアに飾ってある「ボリュームマックスがっつり飯」のポスターを見ながら研一が言い、

「バカ」

と優司に一喝された。四人で窓際《まどぎわ》の席に案内される。包帯を巻いた研一の左手に気づいたウェートレスがぎょっとした顔になった。

テーブルに置かれたタブレットから、研一のハンバーグ、美帆のお好み和膳《わぜん》銀鮭、リリコのミートドリアを注文した。優司はコーヒーだけでいいという。

「小柳はずっと東京なんやろ」

ドリンクバーコーナーから戻った優司が、コーヒーを一口飲んで言う。彼はまたサングラスをかけていた。

「うん。お正月は海外に行ってて帰省できなかったから、お彼岸のお墓参りもかねてちょっと戻ってきたの」

「先生たちは元気なんか」

「父は元気だよ。いまは熊本の大学で教えてるから月の半分は単身赴任だけど。母は六年前に胃がんの手術をしたの。でも、もうすっかり元気になったわ」

「そりゃ、大変やったな」

「早期発見だったから。胃も三分の一は残せたし」

美帆と優司が隣同士で座っていた。向かい合わせのリリコが、

「さっき同級生って言ってたけど、高校のですか、中学のですか」

と口を挟んでくる。

「中学よ。片瀬東中《かたせひがし》」

「じゃあ、やっぱり美帆さんも桜花園にいたんですか」

美帆は優司を見る。表情に変化はない。

「私は違うの。ただ、父が医者をやってて、私が中学の頃は桜花園で働いてたの。だから同級生ってだけじゃなくて、仲間君のことはよく知ってたのよ」

父の俊彦は精神科の医師で、小児精神障害が専門だった。出向のような形で五年ほど現場を経験し、正也が溺れかけた年の翌春、助教授として福岡の大学に戻った。その後は教授、学部長と進んで、六年前に退官。いまは熊本の私大で副学長を務めていた。

「そうなんだ」

リリコは考える顔つきになる。さきほどの美帆の容姿への物言いといい、この子は案外頭がいいのではなかろうか、と美帆は感じた。

ネコ型の自動配膳ロボットが料理を運んできた。めいめいがトレイを受け取り、三人は食事に取りかかった。優司は、ハンバーグをぱくつく研一をじっと見たり、くるくるとよく働く配膳ロボットをしばらく目で追ったりしていた。研一は右手でフォークを忙しく動かしながら、治療した左手をテーブルの上に置いたり膝元に戻したりを繰り返している。薬指を落としたのであれば、相当な痛みのはずだが、食事を始めるとすっかり平気な様子になった。

研一は美帆をじろじろ見なかった。そのかわりしょっちゅう隣のリリコの顔を盗み見ていた。そういう男に久しぶりに出会って、リリコがこの男と付き合っている理由がすこしだけ分かった気がした。

優司にしても昔からそうだった。出会ったのは中学に入った年だ。その年の三月に優司は「かたせ桜花園」に入所してきた。彼とは入学式の前に面識があった。四月に入ってすぐに桜花園主催の花見大会が開かれ、美帆は父に連れられて参加した。そこで、同じ歳の新しい園生として紹介された。初対面のときから優司は美帆に対してさしたる関心を示さなかった。

学校で同じクラスになっても態度は変わらなかった。中一とはいえクラスの他の男子たちは誰もが美帆に特別な目を向けてきた。そうでなかったのは、もともと無口で独《ひと》りきりでいることの多かった優司だけだ。

正也の事件のあとは美帆の方が優司を意識するようになった。だが、中三の夏、彼は突然転校していった。高二のとき再会したのは偶然だった。ちゃんと口をきいたのはその一度きりにすぎない。

それでも美帆はいままで優司のことを忘れたことはなかった。

弟の命の恩人ということもある。しかし、それだけではない。

雅光兄さんの手を離れてふたたび川に落ちた優司は、上流からダムへと数百メートル流され、ダム湖で救出されたときはすでに意識不明の重体だった。泳ぎの上手《うま》かった彼は溺れてはいなかったが、重度の低体温症に陥《おちい》っていた。低体温症特有の身体を丸めた姿勢で岸辺にうずくまり、呼吸もほとんど停止していた。駆けつけた救急隊員が腕を持ち上げると元の形に丸めようとしたため、まだ救命の可能性があると判断されたという。

美帆たちが優司を見舞ったのは、その日の夜だった。

意識が回復したという知らせを雅光兄さんから受け、家族四人で市民病院に駆けつけた。病室に入ってみると、目覚めたといっても優司の意識はまだはっきりしていなかった。顔色も土気色だった。早苗が正也の身体を抱きしめ、ベッドに横たわっている優司に泣きながら感謝の言葉を繰り返していたのをよく憶えている。

翌日、塾の夏期講習の帰りに病院に行った。昨夜の病室に入っていくと、付き添いの人も席を外しているのか、優司が一人きりで眠っていた。顔色はだいぶ血の気を取り戻している。しばしベッドサイドに佇み、彼を見つめていた。

不意に優司の目が開いた。

美帆は一瞬おどろいたが目は逸らさなかった。学校でも桜花園でも、すれ違えば会釈《えしゃく》くらいは交わしている。

「昨日も来たんだよ。仲間君、分かってた?」

美帆は何でもない口振りで言った。

優司は大きな瞳を見開いて、こくりと頷いてみせた。素直な反応になぜだか美帆の胸は熱くなった。よく見ると、優司の顔はひどくやつれていた。

「仲間君、ほんとうにありがとう」

美帆が上擦《うわず》った声で言う。しかし、これには彼は眉一つ動かさなかった。ただじっと大きな瞳で美帆の顔を見上げている。乾いた唇がゆっくりと動く。声は意外なほど明瞭だった。

「俺は、小柳のためならいつでも死んでやる」

優司はそう言った。

研一はハンバーグを食べ終えたあと、ほとんど口をつけていなかったリリコのドリアも平らげ、ようやく人心地ついた風情《ふぜい》になった。リリコはいま勤めている店の愚痴《ぐち》を優司にぽつぽつ喋っていたが、研一は「兄貴、ちょっと外でたばこ吸ってきます」と言ってさっさと出ていってしまった。そんな彼の行動にリリコも優司も別段、気にするふうはなかった。美帆は優司の隣でリリコの話を黙って聞いていた。

「会うたびにそげん愚痴るくらいなら、かすみんとこに戻ってくればいいやないか」

しばらくして優司がぼそりと言う。

「あたし、新町《しんまち》で働くのだけは二度とイヤ」

優司はリリコの吐き捨てるような物言いに苦笑してみせる。

「お前みたいな女が中洲《なかす》の水にどっぷり漬《つ》かりよったら、いずれ身体の芯《しん》から腐ってくっぞ」

リリコは中洲にある「夢幻《むげん》」という名前のクラブでホステスをやっているらしい。てっきり十代だと思っていたが、訊いてみると今年二十三になるという。新町というのは片瀬駅前に広がる歓楽街のことで、一年ほど前まで彼女はその新町にある「あかり」という店で働いていたようだった。そこのママが「かすみ」という女性で、どうやら優司と親密な関係であるらしい。

「悪いこと言わんけん、かすみんとこに帰って来い。研一はあげな男やし、いまはまともなこともやりよるが、放っといたらまた何やらかすか分からんぞ」

再度言われて、リリコは黙った。

研一が戻ってきたところで、優司が腕時計を覗く。金色の文字盤のロレックスだった。

「じゃあ、行くか」

サングラスを外すと、伝票を摑んで立ち上がる。

リリコのマンションは、ガストから五分足らずの場所だった。一階にローソンが入った割と立派なマンションだ。それにしても、ここから毎日中洲に出勤するのはたいへんだろう。電車なら一時間弱、車でも四十分はかかる。

研一とリリコが玄関の向こうに消えるのを見届けて優司は車を発進させた。国道に戻り、南へと向かう。老松まで一本道だが、市街地から離れて街灯も間遠になる。すれ違う車も皆無だった。

「こっちで暮らしてるの？」

真っ暗な道を見つめながら美帆が言った。

「もう三年になる」

優司が答える。博多でやくざをやっていると聞いていたが、この片瀬に縄張りを移したのだろうか。

「どこに住んでるの？」

「新町」

声に億劫《おっくう》そうな気配が混ざる。

それからは二人とも黙ったままだった。

十五分ほどで美帆の実家の前に到着した。片瀬では一番の御屋敷町だから、午前三時をとっくに回ったこの時間帯、町全体が寝静まっている。小柳の家は中でも豪邸の部類に入る。十年ほど前の建て替えの際、前後にあった庭を一つにまとめたので、二階建ての母屋《おもや》の前面に広い芝生が敷き詰められていた。樹齢を重ねた樟《くすのき》、樫《かし》、桜の木々が常夜灯の明かりに巨大な影を芝一面に投げている。庭の隅《すみ》には練習用の大きなゴルフネットがあって、その奥が美帆が寝起きしている離れ家だった。

門の前で車を止め、優司が美帆のシートベルトを外してくれた。

「かえって遅くなって悪かったな」

と言う。

美帆は首を振って、「ありがとう」と言った。助手席側のドアレバーに手をかける。

「近々、東京にしばらく滞在する予定があるんやけど、そのあいだに一度連絡していいやろうか」

優司がくぐもった声で言った。美帆はスマホを取り出し、ＬＩＮＥのＱＲコードを表示させた。

「ここから追加してくれる？」

するとと優司も背広の内ポケットを探り、スマホを取り出した。が、彼は美帆の示した画面にじっと見入ったあと、難しい顔を作って再びポケットにおさめてしまった。代わりに別のポケットから紙切れを出すとそこにペンで数字を書き入れて、

「これ、俺の携帯やけん」

と言って突き出してきた。美帆は何も言わずにその紙を受け取ると、バッグの中の名刺入れから一枚抜いて、「そこが事務所兼自宅だから」と差し出した。

「じゃあ、おやすみなさい。送ってくれてありがとう」

もう一度礼を言ってドアを開けた。冷たい夜気が足元から押し寄せてくる。

ドアを閉めると、その途端にベンツはバックのままスピードを上げて離れていった。

ろくに別れの挨拶《あいさつ》を交わすでもなく仲間優司は美帆の前から消えた。

# 決め手に欠ける

髪を洗い終えてシャワーを止めた。

顔の水気を払い、丈二《じょうじ》を見る。浴槽のへりに後頭部を載せ、目を閉じていた。水音が絶えてみると微《かす》かな寝息が聞こえる。深夜とあって窓の外も無音だった。

丈二は安らかな顔で眠っていた。バスタブは大きめのものを使っているが、それでも上背のある彼には窮屈だ。長い足を折って、二つの膝頭がお湯からずいぶん飛び出していた。左右の腕は行儀よく腿のあたりに載っていて、その分、両肩をすくめた恰好になっている。大きな身を縮こめて、まるで赤ん坊のように無防備だ。

しばし丈二の姿に目を留める。

このところの彼の消耗ぶりははなはだしい。

今夜もお互い仕事を済ませてから、行きつけの神楽坂《かぐらざか》の小料理屋で食事の予定だった。

美帆は約束通り八時に着いたが、三十分後に丈二から電話が入って中止となった。馴染《なじ》みの女将《おかみ》さんにお弁当を用意してもらい、それを持って帰宅した。十二時前にようやく丈二がやって来て、二人でお弁当をつついて、それからベッドに入った。

もう午前二時半を回っている。明日は春分の日で、美帆は休みだが、丈二の方は仕事だった。地元入りする堀米《ほりごめ》幹事長に同行して午前八時半の新幹線で大阪に向かうという。疲れているときに無理に抱いてくれなくてもいいと思う。丈二は、泊まる日は必ず求めてくる。そのあげく、こうして眠り込まれると、なんだか申し訳ない気分になってしまう。

丈二は浴室で美帆の身体を触るのが昔から好きだった。

いつも浴槽の中で美帆を後ろから抱きかかえて、乳首をいじったり乳房を揉《も》んだり、やがて大きな手で股間《こかん》をまさぐってきて、ベッドで何度達したあとでも必ずもう一度美帆を上り詰めさせてしまう。

その習癖は、七年ぶりに再会したときも変わっていなかった。

こうして見ると、丈二の身体は若々しい。休日のテニスは最近はさすがに無理のようだが、いまでも寸暇《すんか》を惜《お》しんでジム通いはつづけている。身長は百八十五センチ。体重は七十五キロ。胸囲は百を超えているがウェストは引き締まっている。腕も腿も胸も学生時代と同様の筋肉を維持している。美帆は百六十三センチだから、決して小柄ではないが、それでも丈二に抱かれればすっぽりと包み込まれてしまう。強く抱きしめられて身動きならなくなると、もうどうでもいいような、どうにでもしてほしいような気分になる。そんな自分が嫌いではない。丈二のたくましい肉体にさんざん翻弄《ほんろう》されたあと、そこから再びよみがえってくる感覚が好きだ。抱かれるたびに失われ、そしてまた取り戻す。そうやっていつまでも若々しく生きつづけられたらいい、とたまに思うことがある。

「ジョー」

顔を近づけて細い声で呼んでみた。浴室の中はあたたかい蒸気で靄《もや》っている。彫りの深い端整な顔が目の前にある。がっちりした顎《あご》と太い眉。閉じられた瞳も大きい。よく見ると黒い長めの髪の中に何本かの白髪《しらが》があった。

丈二の誕生日は十一月。美帆は十二月。それでも男の三十五と女の三十五はまったく違う。

「ジョー」

ようやく丈二の目が開いた。ぽかんとした顔で美帆を見ている。

その間の抜けた顔を見ながら、一度裏切った人間は、また必ず裏切る、と心の中で思う。私はかつてこの男にしたたかに裏切られた。

「こんなことをいまさら言っても美帆は信じてくれないかもしれないけど、俺はやっぱり美帆じゃなきゃ駄目だって、この七年間ずっと思い続けてきた」

　二年前の秋、ワシントンから戻ったばかりの丈二に言われて、美帆は再び付き合うことを決めた。七年という長い時間、偶然の再会、そして恋人がいない現実。そういうもろもろを考慮した上で、もはや持ち時間は残りわずかなのだからと自らに言い聞かせた。

　それでも一年半のあいだ、結婚を口にする丈二に明確な返事は一度も与えていない。美帆が選んだのは避妊をしないということだった。妊娠が分かったらその時は、と思っている。丈二もおそらくそう考えているはずだ。二十歳の年から六年間も付き合い、結婚寸前で別れた二人が、七年の歳月を経てもう一度一緒になるとすれば、そのくらいの根拠は不可欠だろうと美帆は考えている。

　だが一方で、きっと自分は妊娠しないという予感もあった。自分はどんなことがあっても母親になんてならない、という確信がある。

　丈二のことを愛しているだろうかと自問すれば、頷くしかない。別れてからの七年間も、一度も嫌いになったことはなかった。そうでないならこうして縒《よ》りを戻したりするはずもない。だが、丈二でなければどうしても駄目か、と問われれば首を傾《かし》げざるを得ない。かつてはそうだった。丈二と結婚すると信じて疑わなかったし、丈二以外の男には眼もくれなかった。そういう自分が丈二の重荷にならないか、嫌われやしないかと毎日が不安だった。

しかし、もうそんな時代は過ぎ去った。

眠っちゃったよ。でも、すんごい気持ちよかった。丈二はそう言って立ち上がる。湯船から出るとき派手な音を立ててお湯がこぼれた。頑丈な身体が美帆の視界をふさいでしまう。男は何でも女より大きい。身体も声も息遣《いきづか》いも足音も動作も。だが、心は別だ。愛も憎しみも嫉妬《しっと》も、そして恨みや打算も女の方がずっと深くて大きいに違いない。丈二はしゃがみ込んでボディシャンプーを両手で器用に泡立てると背後から美帆の身体を洗ってくれる。大きな掌《てのひら》が背中に張り付いてずしりと重みを感じる。たまらなく心地よい。

「一人のときは絶対にお風呂で眠っちゃ駄目だよ」

美帆は身をまかせながら、気遣いの言葉を口にする。お風呂で死ぬ人の数って実はすごいんだから……。丈二が浴槽で溺れるなんてこれっぽっちも思っていない。仮に丈二がいま死んだらどうだろう。自分は我を失い、きっと頭がおかしくなるだろう。ただ、そんな悲劇でも起きない限り、丈二が自分の心に決定的な影響を与えることはないような気もする。

母の早苗が言っていたことがある。男の人はね、みんな生命力が弱いの。あの人たちはね、女が子供を産んで生きていくための道具なのよ。男ってほんとに便利よ。上手に使えば何でもしてくれる。なのにいまどきは、男の力なんてあてにしないで生きたいなんて馬鹿なこと言ってる娘がたくさんいるでしょう。そういう子って、自動車もクーラーも洗濯機も冷蔵庫も掃除機もない世界で原始人みたいに暮らしたいって言ってる人と同じよね。せっかく目の前にある便利なものを使わないなんて、まるきり損なだけなのに。

丈二はシャワーで丁寧にシャンプーを洗い流してくれる。タオルを取ってきれいに拭《ふ》いてくれる。美帆はされるがままにしている。

こんなことを幾らされても、昔みたいに嬉しくはないのに、と思う。

六時に起きて朝食の支度をした。

七時に丈二を起こし、洗顔や着替えをさせて食卓につかせた。

炊きたてのご飯、豆腐と焼きねぎのお味噌汁《みそしる》、紅鮭《べにざけ》の切り身、海苔《のり》、刻みオクラ入りの納豆、あとは手製のきゅうりと人参《にんじん》のぬか漬けという簡素な食事だったが、丈二はご飯を二膳もお代わりした。

美帆は仕事柄、料理はお手のものだ。揃《そろ》えている食材や調味料も種類が豊富だし、どれもこだわりの品ばかりだった。調理道具や食器類にも気を遣っている。市価で買うとなればなかなか手が出ない品々だが、料理研究家として活躍している彼女の場合は、おおかたが半値以下で購入したものだ。

おいしいものをさっと作ると男は手放しで喜ぶ。昨今は料理を趣味にする男も増えたが、食材や調理器具、調理法へのこだわりが強く、一般家庭の毎日の料理には向かないと美帆は思う。お金と時間をかけて作る凝《こ》った料理は見栄えも味わいも格別にはちがいないが、そうした「料理男子」ですら朝食を準備する発想や余裕は皆無ときているから、いつも通りの朝食を出すだけで、男は想像以上に感激する。実は、料理なんて簡単だ。基本と段取りさえきちんとマスターすれば、手早く簡単においしいものをこしらえることができる。

肉をしっとりかつジューシーにするには、塩と砂糖を水に溶かしたブライン液に漬け込めばいいし、卵焼きをきれいに仕上げたければ卵液をザルでこせばいい。ガス台のグリルは必ず温めてから魚を入れ、青魚を煮るときは臭みを取ってくれる赤味噌を使う。魚焼きグリルにはる水にはすこし重曹を混ぜておくと、汚れが落ちやすくなる。野菜は茹《ゆ》でずにフライパンで蒸し、ハンバーグを上手に焼くにはオーブンに入れればいい。料理本などを見ると「ひと手間かけておいしく」などとよく書いてあるが、美帆は自分のレシピではそんな言葉は絶対に使わない。そのひと手間が料理の基本なのだし、それを覚え込むのは手間でも何でもない。レシピを見ずに段取りをつけ、作れるようになることが、家庭料理のコツであり、時短にもつながるのだ。

朝食を済ませると丈二はそそくさと席を立った。玄関先で靴を履《は》いたあと、幾分厳しい表情になって美帆を見た。

「今度、ちょっと相談したいことがあるんだ。大事な話だ」

美帆は「うん」と頷く。何の話だろうと思うが、新幹線の時間があるので引き止めるわけにはいかない。

「じゃあ」

と言って丈二は意気揚々《いきようよう》と出て行った。

洗い物をしながら、大事な話とは何だろう、とあらためて考える。思い当たることがなかった。結婚話ならばしょっちゅう出ている。いまさら相談することでもない。

仕事を変わりたいとでも言い出すのだろうか。もともと丈二は弁護士になるつもりだった人間だ。大学二年で付き合い始めたとき、東大法学部の学生だった彼は、すでに司法試験の勉強に励んでいた。四年の秋に合格し、卒業後すぐに司法研修所に入った。その丈二が司法修習二年目になって法曹の道に進まないと言い出したときはびっくりした。修習を切り上げ、共同通信社の試験を受け、翌年四月には入社した。

そんな彼だから、「もう一度、弁護士を目指したい」と言い出す可能性は常にある。ただ、仕事振りを見る限り、現在の職場に不満があるという様子はなかった。ワシントンから帰った当座は、もう少しアメリカを見たかったと愚痴もこぼしていたが、古巣の政治部に戻り、渡米前から昵懇《じっこん》の間柄だった堀米順造《じゅんぞう》が政権党幹事長の要職を占めていることもあり、仕事はやりやすそうだった。大きなスクープも何本か放って、昨年は新聞協会賞の候補にも挙げられている。

幾ら考えても、見当がつかない。美帆は考えることをやめた。出がけにみせた丈二の厳しい顔つきからして悪い話ではない。男というのは、嬉しい出来事が起きたり、大きな前進を遂げたときに限って妙にもったいぶった思わせぶりな態度を示す。彼らはいつまでもそういう子供じみた癖を捨てきれない。

どうしても聞き出したいのなら、一緒についていけばよかった。タクシーの中で強くせがめば喋ってくれただろう。そもそも、かつての自分ならば東京駅まで当然のように見送りに行ったはずだ。それがいまは、せいぜい早起きして朝食の支度をするくらいが関の山になっている。これも永すぎた春のなせるわざかもしれないが、丈二との関係においては、あいだに挟まる七年間の冬がすっかり自分を凍《こご》えさせてしまい、いまだにその凍傷が癒《い》えていないためだろうと美帆には思える。

# 背中の龍

広い背中一面を艶々《つやつや》と青黒く光る龍がうねっている。

巨大な龍頭は左脇腹にあり、右前足の三本の鉤爪《かぎづめ》に握り込まれたピンク色の玉がその頭上、ちょうど肩甲骨《けんこうこつ》の中心で輝いている。太い胴体は首筋へとせり上がり、右肩甲骨の上で左前足を踏ん張らせながら、背筋に沿って一気にすべり降りていく。背骨の真ん中で一重にとぐろを巻き、血色の赤をてらてらさせていた腹部から青黒くくっきりした鱗《うろこ》に覆《おお》われる背部へと文様は逆転する。龍の下半身は腰部《ようぶ》全体を埋めるがごとくくねり、尾鰭《おびれ》の付いた刃先のような尻尾《しっぽ》は右臀部《でんぶ》まで伸びきっていた。

ほんとうに生きているようだった。いましも牙《きば》を剝《む》いた大きな口から火の息を吐き出しそうだ。残忍な眼はじっと美帆を見つめている。機をみて襲いかからんと後ろ足の十本の鋭い爪はいっぱいに広げられていた。

想像していたグロテスクな感じはまったくない。

その一匹の龍は息を呑《の》むほどに美しかった。

美帆は腰から下が痺《しび》れたようになって、しばらく身動《みじろ》ぎできなかった。いつの間にか右手だけが持ち上がっている。

「触ってもよかよ」

龍の眼で見たのだろうか、優司が言った。

背筋のあたり、赤く染まった腹の部分におそるおそる手を置く。それから左の龍頭へと掌をゆっくりとすべらせる。優司の肌は冷たかった。女の肌のようにきめが細かい。美帆の手が触れたとたんに龍の前足に握られた玉が赤みを増したような気がした。

「すごい」

思わず美帆は呟く。

「こげんもんをこげん間近で見たのは初めてやろう」

優司が笑いを含んだ声で言う。

「うん」

素直に頷いた。

左手も繰り出し、次第に大胆に龍の全体を撫で回す。

「ちょっとこそばゆかな」

それでも優司は黙って触らせてくれる。尻の割れ目までズボンを下ろしている。引き締まった左右の尻の肉に左の後ろ足と尻尾が彫られている。さすがにそこまで掌を下ろすことはためらわれた。

「もうよかやろう」

五分ほど経《た》って、優司が言う。

「ありがとう」

美帆はようやく手を離した。

優司はズボンを上げると、ベッドに脱ぎ捨てていた上着を取り上げて身にまとった。刺青《いれずみ》のせいもあるのか、その青いパジャマ姿がまるで本物の囚人を髣髴《ほうふつ》させてしまう。

「こげんもん背負っとるせいで、個室に一人ぼっちよ」

今日の優司は饒舌《じょうぜつ》だ。慣れない東京で一人きりの病院暮らしだから、本人の言葉どおり、さすがにさみしいのだろう。

優司のはがきが届いたのは昨日だが、聞いてみれば、この病院に入院したのは三月末のことだという。彼はもう一ヵ月半以上も入院しているのだ。

三月に片瀬で再会したとき、近々、東京にしばらく滞在するので連絡してもいいか、と言われた。それが、何の音沙汰《おとさた》もないので、美帆はずっと怪訝《けげん》に思っていた。連絡を待っていたわけではないが、といって失念することもなかった。自分に対して優司はいい加減なことは言わない、という確信のようなものが美帆にはあった。
昨日のはがきで、だいたいの事情が分かった。

〈前略
この前は、あんなところで会って、家に送るのも遅くなって悪かったです。いま俺は東京です。信濃町《しなのまち》の慶応《けいおう》病院に入院しています。古傷のせいで使えなくなった腎臓《じんぞう》を一個切り取りました。もうしばらくここにいます。よかったら顔を見せてください。その時、見舞いは金も物も一切お断りします。

二〇二四年五月十五日　　仲間優司〉

今どきはがきを受け取るのも新鮮だったが、上京の目的が手術のためとは予想だにしていなかった。まして片方の腎臓を摘出するというのは穏やかな話ではない。美帆はあわてて見舞いに駆けつけたのだった。
新棟七階の優司の病室は個室だった。それほど広くはないがソファも冷蔵庫もある。わざわざ慶応まで来て手術を受けるのも不思議だが、個室というのも意外だ。顔を合わせて

すぐに、「どう？」と訊くと、優司は、

「ごめん。さみしか」

と開口一番言った。

「だったらこんな個室じゃなくて大部屋にすればよかったのに」

部屋を見回しながら美帆が呟くと、

「それがそうもいかん」

と、彼は渋い顔で背中の刺青のことを持ち出してきた。


二人で十一階の展望レストランに行った。

手術は一ヵ月前に終わり、傷も塞《ふさ》がって、いまは残った腎臓が正常に機能しているかどうか経過観察中らしい。「来週には退院できるやろう」と優司は言った。顔色もいいし、食欲も旺盛《おうせい》だった。ちょうど昼時とあって一緒に食事したが、彼は生姜《しょうが》焼き定食をあっという間に平らげた。

「そんな脂《あぶら》っこいもの、いいの？」

「全然。腎臓は一個あれば十分なんや。退院を控えて、できるだけ普通の食事をするように先生からも言われとる」

美帆が自分の頼んだサンドイッチを分けてやると、それもきれいに食べてしまう。

「普通に食って、腎臓に問題が出んかったら退院たい」

優司が摘出したのは右の腎臓で、一年も前から機能不全を起こしていたという。

「役に立たんだけなら構わんのやけど、そのうち腹ん中で腐り始めたと」

腐るというのは適切な表現ではないのだろうが、駄目になった腎臓のせいで下腹部の慢性的な痛みや血尿に悩まされていたのだそうだ。

優司が予想もつかないことを言ったのは、「古傷のせいって書いてたけど、どうして右の腎臓が悪くなったの」と何気なく美帆が訊いたときだった。

「まだ博多におるとき、組同士の抗争があって、相手方の鉄砲玉にドスで腹ば刺されたんさ。出血がひどうて死にかけたんやけど、そんときのツケが四年も経ってこうして出てきた」

美帆はこの言葉に思わず絶句した。

暴力団同士の抗争劇で組員の一人が襲われ瀕死《ひんし》の重傷を負ったのなら、地元では大きく報じられたに違いない。

「四年前っていつ？」

すこしして美帆は言った。

「二〇一九年の暮れやったなあ。医者がおらんて言われて病院をたらい回しよ。やくざなんて哀れなもんや」

そうだったのかと美帆は思う。二〇一九年の一月に勤務先の出版社を辞めて片瀬に戻ったが、年の後半はイギリスに遊学した。だから優司の事件を知らないままになったのだ。

優司は当たり前の顔で窓の外を見ている。

信濃町の駅のすぐそばとあって病院の敷地内は花や木々に乏《とぼ》しい。だが、目を三方に転ずれば赤坂御用地《あかさかごようち》、神宮外苑《じんぐうがいえん》、新宿御苑《しんじゅくぎょえん》という都内有数の杜《もり》に囲まれている。時節柄、外苑や御所の緑がみずみずしかった。

やくざなんてやっていたら、そのうち死んでしまうのに、と優司の横顔を眺めながら美帆は思った。そう思うと、さきほど見た一匹龍の刺青が脳裡《のうり》に浮かび上がってきた。優司が死ねば、あの見事な龍も一緒に死んでしまうのか。それとも優司が死んで、ようやく龍は解き放たれ、天に昇っていくことができるのだろうか。

小学校五年生のとき九大病院に入院し、右の太腿の痣を剝《は》ぎ取って、お腹の皮を植えつける手術を受けた。高校になって、痣のあった場所に刺青を入れたいと思った。あの赤い痣と同じ大きさ、色形の刺青を彫りたかった。東京の大学に進学して、彫師のもとへ相談に行こうかと本気で迷った時期もあった。

優司によると、最初に針を刺したのは二十歳のときだったという。その話を病室で聞いて、ちょうど自分も同じ頃に同じことを考えていた、と美帆は思った。

「博多の病院で手術できなかったの?」

コーヒーが届いたところで、一番の疑問を口にする。

「ちょっと事情があって、博多には足ば踏み入れんことにしとる」

「そうなの」

「ああ」

事情の中身には優司は言及しなかった。

「でも、どうして慶応にしたの」

「市民病院の先生が紹介してくれたと」

「そう」

頷きながらも釈然としないものが残る。が、それ以上は詮索《せんさく》しないことにした。はがきを貰ったとはいえ、どうして自分がこんなところでこんなやくざ者と時間を過ごしているのか、美帆にはいまひとつ理由が分からない。ただ、優司と一緒にいて恐ろしかったり、気詰まりだったりという感じはなかった。

「退院したら、退院祝いにご馳走《ちそう》してあげる」

はがきに見舞いは不要と書いてあったので、今日は手ぶらだった。それもあって美帆は口にしていた。

「すまんね」

仲間優司はその誘いをすんなり受けた。

## 愛人の子

黒川《くろかわ》丈二は選ばれた人間なのだそうだ。

彼とは二十歳になった日に付き合い始めた。美帆の誕生日は十二月二十四日、クリスマスイブだが、最初のデートはいまから十五年前、二〇〇九年のイブのことだ。丈二は東大の二年、美帆はお茶の水女子大学文教育学部言語文化学科の同じく二年生だった。東大、お茶大、日本女子大の合同テニスサークルがあり、二人ともその一員だった。美帆は初めて丈二と顔を合わせた瞬間、強く惹《ひ》かれるものを感じた。付き合うようになってから確かめると丈二も同様だったというが、美帆の場合は周囲の男性が関心を示すのは当然のことだったから、要は、彼女の感じ方がすべてだった。

美帆は付き合うまでの一年半のあいだ慎重に丈二を観察した。その態度、言動、雰囲気などをじっくり見極め、自分がなぜ惹かれるのかという理由を探った。一番の判断材料になったのは、丈二が奈良で大きな建設会社を経営する男の愛人の子供だと知ったことだった。

本妻が亡くなり、丈二が黒川家に母親と共に入ったのは中学三年生の頃だという。そういう話を丈二からあるとき聞かされて、美帆は自分がなぜ彼を選んだのか理解できたような気がした。

小学校五年生の春に全国規模で実施されたＩＱテストで丈二はトップだった。つまり日本中の十一歳の少年少女の中で彼は知能指数が最も高かった。

「勉強は授業を小耳に挟めばそれですべて分かったし、これはなかなか他人には理解してもらえないんだけど、友だちと話していても、その相手が話し出す前にそいつが何を言うのか全部分かってしまうんだ。どうしてこの世界はこんなに超スローなんだろうっていつも思ってた。勉強だって結局は直感だって知ったし、だから、すごい発見や発明をするのがみんな若い連中だってのも、俺には不思議でも何でもなかった」

彼は知り合ってまもないころから、自分は選ばれた人間だと言っていた。「ずっと愛人の子だったからね。それくらい思わないとやってけないよ」と笑っていた。オーナー社長だった父親は羽振りはよかったようだが、愛人である母親に対しては厳しかったという。母子は正妻が死ぬまで奈良市内の小さなアパートで暮らし、母親はずっと青果市場で働いていた。彼の母親は在日朝鮮人だ。

「おやじはよく愛人の子は愛人の子らしく生きろ、と言ってた。肩身の狭い思いをしていればいいんだって。お袋はおやじの本当の気持ちを汲《く》んでたみたいだけど、俺はただ反発するだけだった。本妻が亡くなって、黒川の家に入ってみて、初めておやじのことが分かったよ。要するにおやじは、自分のために用意された苦労はちゃんと真面目《まじめ》に苦労してけって言いたかったんだ。それが俺のためだって。よくお袋には『あいつは出来が良すぎるから、うんと悔しい思いをさせるしかない』と言ってたらしい。こんな話も俺が大学に入ってから初めて聞かされたんだけどね」

三月に大阪出張から戻ってきた丈二は、次期衆議院選挙に奈良三区から出馬するつもりだ、と打ち明けた。相談したい大事な話とはそのことだった。大阪行きも、堀米幹事長と奈良県連幹部との協議の場に挨拶に出向くのが本当の目的だったという。

想像もしていない話で、美帆は心底びっくりした。いままで政治家になりたいなどと、丈二は一度だって口にしたことがなかった。ただ、最初の驚きが過ぎてしまうと、彼が政界に進出したいともくろむのは至極《しごく》当然のような気がした。幼少期より選ばれた人間だと自任しながら、出自に抜きがたい負い目を感じている彼は、いわば政治家を目指すにはうってつけの人材かもしれない。彼のような人間が、集団を統率・指導したいと願うのはごく自然なことだ。司法修習を中断するとき、法を司《つかさど》る者よりも、その法を作る人間の方が社会の上位に立つことにやっと気づいた、と彼は言っていた。官僚ではなく弁護士を目指したのは、「若いうちに組織に頼る術《すべ》を身につけてしまった人間は、決して大成できない」という父親の薫陶《くんとう》を受けてのことだった。それが、マスメディアという組織の一員になったときから、すでにこの日のあることを知っていたのだろう。政治記者となることで政権党の幹部たちと誼《よしみ》を通じ、いずれは政界に打って出るつもりだったのだ。

「美帆は政治家の女房になるのは嫌か？」

と問われて、何と答えていいか分からなかった。政治家という仕事に興味を持ったことがなかったし、まして政治家と結婚するなど想像したこともない。

「出たら当選できるの？」

美帆はとりあえず訊いた。

「一区じゃないしね。保守が強いところだから民自党公認なら勝算は十分ある」

丈二は言って、選挙区の情勢について詳しく話してくれたが、美帆にはよく理解できない部分もあった。

「もし出馬となれば、美帆との関係もちゃんとしておかなくちゃいけない。急いで結婚するか、せめて婚約くらいはしておきたいんだ」

丈二に言われて、美帆は面食らった。

「別に私は関係ないんじゃない」

「そうもいかないよ。選挙戦となれば候補者のプライバシーだってつつかれるし、当選すれば尚更《なおさら》だからね」

むしろ丈二の方が心外そうな顔をする。

「そうなんだ」

美帆は口を濁《にご》したが、自分が選挙のための駒扱《こま》いをされているようで内心は不愉快だった。

それから二ヵ月が経ち、次期衆院選の民自党公認候補者決定の発表を控えて、丈二の出馬の話は雲行きが怪しくなりはじめていた。党決定による衆院比例区での七十三歳議員定年制に準じて、五期十六年にわたって務めてきた現職議員が引退の運びとなり、その後継として堀米幹事長の肝煎《きもい》りで県連に推挙されたのが丈二だった。当初は県連の方でも丈二を公認候補とすることで異論はなかったようだが、先週になって、引退する現職の娘婿《むすめむこ》で、総務省の課長をやっている人物が突然出馬の意向を表明した。この新顔の登場で県連は堀米派と現職派の二派に分裂し、週明けに予定されていた公認決定も急遽《きゅうきょ》延期されてしまった。

公認が下りると同時に会社に辞表を提出し、出馬に向けての本格的な準備に入る予定だった丈二は、すでに社の幹部にも転身の意向を伝え、もう後戻りのできない状況だった。それだけにここ数日の彼はすこぶる機嫌が悪かった。

今日も夜の十二時を過ぎて美帆の部屋にやって来たが、したたかに酔《よ》っていた。

「水上《みずかみ》のやつ、直接総理に泣きついたらしいよ」

上着を脱ぎ、ネクタイを外して、リビングのソファに座り込むと、美帆が手渡した水を一息で飲み干したあと丈二は吐き捨てるように言う。水上というのが引退する議員の名前だとは分かるが、総理に泣きつくということの意味が美帆には諒解できない。

「そのときの総理の反応が知りたくて、今日一日探ってみたけどいまひとつよく見えない。堀米さんもどうも腰が引けてきてる感じだしな」

そう言うと、「あーあ」と声を上げ、

「こりゃ、ひょっとすると駄目かもしんないな」

と丈二は妙に乾いた口調で言った。

「何かあるんだが、それが見えないんだよなあ」

独りごちている。

かねてから公認が下りなければ出馬しないと言っていた。

「お腹《なか》すいてる？」

美帆は空になったグラスを引き取り、赤ら顔の丈二に言う。

「大体、美帆がはっきりしてないもんな」

丈二は質問には答えず、目の前に立っている美帆を上目遣《うわめづか》いに見ながら言った。

「お前が何を考えてるのか、俺にはよく分かんないよ」

最近、酔っ払うとお前呼ばわりしてくる。

「出馬が正式に決まったら、ちゃんと考えるからってずっと言ってるでしょう。もともとそのために形を整えたいってジョーが言い出した話なんだよ」

絡《から》み酒に付き合うのは御免だ。美帆は努めて柔らかな物言いをした。

「俺が言っているのは、そういう理屈じゃないんだよ。流れのことを言ってるんだ」

だが、今夜の丈二は引き下がらなかった。

「流れって？」

「だから、政治っていうのは流れなんだよ。政治だけじゃない、肝心な勝負事ってのは流れが一番大切なんだ。うまくいくときは全部うまくいくし、いかないときは必ずどこかに小さなほころびがある」

「そのほころびを私が作ってるって言うの」

美帆の問いに丈二は答えない。

「私がすんなり結婚を承諾しなかったから、そのせいで公認も貰えなくなったっていうこと？」

たたみかけずにはいられなかった。

「そこまでは言っていないだろ。公認だってまだ出ないと決まったわけじゃない」

不貞腐《ふてくさ》れたような表情を作って丈二が言う。

美帆はグラスを持ってキッチンに行った。水を出してグラスを洗う。気持ちを落ち着けてリビングに戻った。

「だったらいますぐ結婚する。今度のことがあなたにとって一大事だってことくらい私にも分かってる。明日、区役所に行って婚姻届を貰ってくる」

美帆は言った。自棄《やけ》で口にした部分もあったが、半分は本気だった。こういう成り行きも一つのきっかけだと直感していた。

丈二はソファに座ったまま、感情の乏しい瞳で美帆を見つめる。

「嫌な女だな」

　ぽつりと呟くように言う。聞き捨てならない言葉だった。

「何、それ」

「それはこっちのセリフだろ。だったらって何だよ。だったらで俺と結婚すんのかよ」

「ジョーがまるで私のせいでうまくいかないみたいに言うからでしょ。私は、ジョーの人生を邪魔しようなんてこれっぽっちも思ってない。だから言っただけじゃない」

　そこで丈二は皮肉っぽい笑みを頬に浮かべた。

「俺にはよく分かってるんだよ。お前は俺のことなんか全然愛していないんだ。というより俺のことを恨んでるんだ。九年前のことをいまでも許していないんだ」

　この人はどうしてこんなことを言うのだろう。美帆は思った。自分を卑下したいのか、それとも許しを請《こ》いたいのか、はたまたこの場でもっと激しく争うためなのか。

　美帆は黙り込む。酔っている男と喧嘩《けんか》などしても仕方がない。それに、彼の言っていることは間違いじゃない。もちろん全然愛していないわけではない。ただ、昔ほどに愛していないのは事実だ。

　美帆は心の中に紡《つむ》ぎ上げた言葉の織物をじっと眺める。長い長い時間をかけてそれは美帆の中に生まれたものだ。いまや一枚の絵を見るように、一瞬で意識の視野に飛び込んでくる。

そうよ、あなたは私を裏切った。あなたに裏切られて、私は何日も何十日も何百日も考えた。

私のどこがいけなかったのだろう？

何があなたにとって不満だったのだろう？

あなたは私にどうして欲しかったのだろう？

幾ら考えても理由が分からなかった。たしかにお互い社会に出て、学生のときみたいに始終一緒にはいられなくなっていた。擦《す》れ違いの生活がつづいていたし、正也が東京に出て同居するようになってからは、週末に私の部屋で思う存分抱き合うこともできなくなっていた。でも、それでも、私はあなたを心から愛していたし、あなたのことを自分の身体や命よりも大事だと思っていた。

あの頃の私は、誰かのことを信じたかった。私のことを誰かに信じて欲しかった。誰でもよかったのかもしれない。でも、私にはあなただった。私は、あなたと出会って、あなたを信じようと決めた。あなたと私は似た者同士なのだと感じたから。あなたの小さい頃からの苦しみを、私ならば心から理解してあげることができると思った。

私は、あなたのことだけは裏切らないと誓った。

そして、あなたも私だけは裏切らないと信じた。

愛し方が足りなかったのだろうか？　愛し方が下手だったのだろうか？　それとも、私があなたを愛しすぎたのが重荷だったの？

あのときの私の苦しみがあなたに分かりますか？　自分が自分でなくなって、胸の奥で、頭の芯で渦巻く醜《みにく》い感情や嫌悪感《けんおかん》に苛《さいな》まれつづけた。食べることも、眠ることも、笑うこともできなくなった。自分で自分の心を絞め殺したくなって、自分を含めた誰のことも信じられなくなって、どうやってこのさき生きていけばいいのか何も見えなくなった。

あなたなんかにあの苦しみが理解できるはずがない。

言葉で幾ら謝られても、そんなことどうだっていい。私のあのときの気持ちをあなたがほんとうに理解しない限り、あなたには自分がしたことの罪深さは絶対に分からない。

ちょっと他の女に目がいっただけじゃないか。違うセックスもしたかったんだ。まだ俺は若かったんだから。男なんてそんなものだ。それをことさら目くじら立てて、美人だからってプライドだけに振り回されて。お前がもっと大人になればよかったのに。それが女のつとめというものなのに。俺もたしかに悪かった。だけどそんな俺のたった一度の浮気をあそこまで責め立てたお前の心の貧しさにだって問題はあったんじゃないのか。

きっといまでもあなたはそう思っている。あなたには分かっていない。私があなたをどれほど愛していたか。私がどんな気持ちであなたと別れたのか。

そうよ、あなたはいまだって何も分かってはいない。


いつの間にか目の前に丈二が立っていた。顔を上げた瞬間、彼に抱きかかえられ、そのまま無言で寝室へと連れて行かれた。カバーがかかったままのベッドに降ろされ、手荒に服を剝ぎ取られていく。美帆は抵抗するつもりはない。だが、「嫌だ！」、「やめて！」と叫び、全身をばたつかせて精一杯抗《あらが》ってみせる。丈二が興奮を募《つの》らせる。ますます激しく美帆を押さえつけてくる。レイプ同然の行為。でもそれはレイプとは対極にある行為でもある。

丈二の巨体がのしかかってくる。美帆はその広い背中に腕を回し、尖《とが》った爪を立てる。容赦なく皮膚《ひふ》に食い込ませていく。

この人は可哀《かわい》そうな人なのだ、と思う。そう思うことで美帆の心も身体も何倍にも熱くなっていく。全身が痺れるような快感に包まれていく。

でも……。

ほんとうに、この人は可哀そうな人なのだろうか？

# ホームレス

「米久《よねきゆう》」の古めかしい硝子戸《ガラスど》を引いて外に出ると、優司は何気ない調子で右へと歩きだした。来るときは、反対方向の言問《こととい》通りでタクシーを降りたのだが、それが分かっているんだか分かっていないんだか、悠然と歩を進めている。かなり酔っているのはたしかだ。

「久しぶりに酒ば飲んだ」

首を回すようなしぐさをしながら言う。店内では真っ赤だった顔もこうして街灯の下で見ればそれほど目立たない。

浅草《あさくさ》名物の牛鍋《ぎゆうなべ》を大勢の客に混じって広い座敷でつつきながら、ビール三本、日本酒を五合近く飲んだ。美帆はビールをコップに二杯きりだから素面《しらふ》と変わらなかった。

「酔っ払ったでしょ」

横に並ぶ。

「やっぱうまか」

優司は一人頷いている。

「さすがの仲間君でも、病院では一滴も飲まなかったわけね」

そこで、彼は隣の美帆を見た。にやついている。いわくあり気な表情だった。

「俺、もう四年、酒ば飲んどらんかった」

「えっ」

思わず足を止めてしまった。

「嘘《うそ》でしょ」

「腐れた腎臓も取ったし、今夜から解禁たい」

優司はますますにやにやしている。

「そうだったの」

美帆は呆《あき》れてしまう。食事の最中はそんなこと一言も口にしなかった。優司と二人だけで食事をするのも酒を飲むのも初めてだから、食べ物や酒の話も一通りした。

「仲間君は何のためにお酒を飲むの？」

美帆が訊ねたとき、優司は大して考えるでもなく、こう言った。

「俺、酒ば飲まんとうまく笑えん」

小柳なら分かってくれるやろうけど、俺には小さい頃から笑うようなことが何もなかったろう。気づいてみたら笑うことのできん男になっとった。それが、酒ば覚えてからは、酔っ払ったらバカ話もできるし、笑うこともできるごとなった。俺にとって酒は恩人みたいなもんよ。

美帆がその話にしんみりしていると、

「ちょっと泣かせる話やったやろ」

優司は笑って、コップ酒をうまそうに飲み干した。

「四年ぶりだっていうのにあんなに飲んでよかったの」

美帆はふたたび歩き始めながら言った。

「全然平気や」

「だけど、顔、真っ赤だったよ」

「もう醒《さ》めてきたやろ」

不意に優司の顔が目の前に近づいてきた。酒臭い息がふりかかる。美帆は慌てて後ずさった。なるほど街灯の光に照らされた顔色はもう普通に戻っている。優司の酒は静かな酒だったが、それでも表情やしぐさに明るさが生まれている。美帆にはそんな彼の変化が意外でもあり面白くもあった。

ひさご通りを二人で歩く。金曜日の夜とあって商店街は賑《にぎ》わっていた。このまましばらく行けば六区《ろっく》映画街のはずだ。

優司から連絡が来たのは一昨日《おととい》だった。明日退院すると言われ、約束だから食事をご馳走したいと申し出た。ただし、当日は仕事が入っていたので今日にしてほしいと頼んだ。優司は退院後しばらくは都内の知人宅に世話になるつもりだからいつでも構わないと言った。

「何か食べたいものある？」

訊ねると、

「肉が食いたか。あとは酒があれば他はいらん」

と答えた。そのぶっきらぼうな物言いに美帆は一匹龍を背負った優司の広い背中をなぜか思い浮かべた。

幾つか考えて、「米久」に決めた。優司のようなやくざ者と二人連れなら浅草界隈《かいわい》が一番しっくりくるような気がした。

アーケードを歩いていると男たちが美帆に目を留める。少女時代からそれが普通になっているから気にはならない。ただ、今日はいつもと違った。一人のときや丈二と一緒のときは、往来のほぼ全員が卑猥《ひわい》な色の混じった視線を寄越してくる。だが、いまはちらりと横目に見て擦れ違う者が大半で、中には慌てて目を逸らす者もいた。

美帆は何だか気分がよかった。女優でもモデルでもタレントでも女子アナでもない自分がなぜじろじろ見られなくてはならないのか。どこか正式に文句が言える場所があれば、すぐにでも訴え出たいといつも思っている。

隣の優司は飄然《ひょうぜん》としている。周囲に睨《にら》みをきかせたりしてはいない。それでもその全身から獰猛《どうもう》な気配がうっすらと滲《にじ》み出ていた。上背は百七十五を超えるくらい。丈二に比べれば小柄だが、横合いから窺う胸板は分厚かった。高二の時、偶然再会した彼は、帯で縛った柔道着を肩に担《かつ》いでいた。「柔道はずっと続けたの？」美帆が店で訊くと、「あのあとすぐに中退したけんね」と言って笑った。

丈二がどんな獣に譬《たと》えられるかはすぐに思いつかないが、優司はまるで豹《ひょう》のようだ。浅黒い精悍な顔からすれば黒豹。もしも上手に飼い馴らすことができれば、どんなにか便利で頼もしい存在だろう。

両脇の店々を冷やかしながら百五十メートルほどの距離をゆっくり歩き、ひさご通りの入口に差しかかったところで仲間優司は立ち止まった。

緑色の日よけがせり出した一軒の居酒屋の前だった。大衆酒蔵と看板にある。

優司は何も言わずその店に入って行った。美帆もあとにつづく。まだ時刻は八時を回ったくらいだろう。「米久」に着いたのがちょうど五時だった。

優司は日本酒と、この店の名物らしい牛スジ煮込みを注文した。美帆はウーロン茶にする。店内は人でいっぱいだった。

コップ酒とウーロン茶で乾杯した。

「四年前、酔っ払っとるところを刺されたと。もともと相手の組とは、俺が仕掛けとった競売物件絡みで半年くらい揉めに揉めとった。中洲の馴染みのクラブを出て、駐車場に待たせた車に乗り込む寸前やった。野郎が陰から飛び出して来た。向こうもビビっとったけん最初の一撃はかろうじてかわせた。手の届く間合いで睨み合った。まだ子供やったよ。短刀を両手で握り締めて真っ青な顔して震えとった。何やと思った。突進してきて、自分では避《よ》け切ったつもりやったんやけど、気づいたらこの右っ腹にドスがめり込んどった。アルコールのせいで出血がひどくて、手術室で二度心臓が止まったそうや」

一杯目を舐《な》めるように飲みながら優司は淡々と言う。

「そいで酒もクスリも断った。死ぬ時くらい素面でいたかろ」

そこで一拍置く。

「て言うたらかっこよかけど、本当はいつまた襲われるか分からんと思ったら、怖くて飲めんようになった。飲んでも、笑うどころか冷や汗ばっかりかりたい」

愉快そうに笑う。

「もう大丈夫なの？」

どこまでが本気でどこからが冗談なのか美帆にはよく分からない。

「どうやら大丈夫のようや。飲んでも怖くならん」

そしてまた笑った。

優司はゆっくりと飲んだ。お代わりしながら美帆の質問にぽつぽつと答える。

中学校三年の時に転校していったのは、福岡市内に住んでいた父方の叔父が彼を引き取ったからだった。当時、それは美帆も聞いていたが、その後については、博多でやくざになったということ以外は何も知らなかった。

「仲間君、どうして高校辞めちゃったの」

高校二年で再会したとき、優司に退学する気配はまったく感じられなかった。

「叔父貴の借金のカタにマグロ船に売り飛ばされてしまったったい」

「マグロ船？」

突拍子《とっぴょうし》もない話が飛び出して、訊き返す。

「叔父貴がやくざ相手の賭《か》けマージャンで二百万の穴あけて、そのカタに俺ばマグロ船に売っ払ってしまったと。学校辞めさせられて、船に乗せられて、そいで二年近く日本に戻って来られんかった」

「嘘でしょう」

「嘘やない。マグロば追いかけて南極まで行ったばい。何度死にかけたか分からん。航海中に二人死んだ」

それから優司はマグロ船の様子を話してくれた。その詳細な内容からも彼が十八歳で土佐のマグロ船に乗り組み、二十歳になるまでの約二年間、世界の海を渡りながら、死と隣り合わせの過酷なマグロ延縄《はえなわ》漁に携わったのは事実のようだった。

「私なんてその頃、東京の大学に行って、学生生活を満喫してたのに」

「それが当たり前やろ。特に小柳は秀才やったけん」

優司が身を乗り出してくる。

「つらか仕事やったけど勉強にもなった。酒も博打《ばくち》も覚えたし、陸《おか》に上がったあと面倒見てくれた兄貴分とも、この船で知り合ったんや」

兄貴分は、抗争相手の暴力団幹部を銃撃して重傷を負わせ、ほとぼりを冷ますためにマグロ船に乗っていたそうだ。

「ムショに比べれば、これでも天国やぞって兄貴がよう言いよらしたけど、実際、その通りやった」

どうやら優司には服役の経験もあるらしい。刑務所に入った人間と生まれて初めて口をきいた、と美帆は思う。

「酒に博打、それに女もでしょう」

懲役のことには触れず、そう言った。優司は激しく首を振った。

「一ヵ月以上かけて喜望峰《きぼうほう》回ったら、あとはマグロば追いかけてオーストラリア、インド洋、南極。女っ気なんかあるもんかい」

いかにも心外そうな口振りになっていた。

隅田川《すみだがわ》沿いの遊歩道をぶらぶら歩いている。遊歩道の一段上に堤があってこんもり葉を茂《しげ》らせた桜木がずらりと並んでいる。対岸、墨田《すみだ》区側の堤も同様だった。

「ここは都内でも有数の桜の名所なの。墨堤《ぼくてい》の桜って聞いたことない？」

「あっちが向島《むこうじま》やろ」

優司が指差して言う。

「そうそう」

「あそこの芸者は年増揃《としまぞろ》いや」

「そうなの」

「昔の話やけどな」

居酒屋を出たあと、六区から伝法院《でんぼういん》通りに入り、浅草駅を通り過ぎてそのまま川っぺりに降りた。十時を回って、吹き寄せる川風もすこし冷たくなっている。風の感触が頬や手足に心地よかった。

居酒屋でも三合は飲んだはずだが、優司はすっかり酔い醒めているようだった。足取りもしっかりしているし、次第に無口に戻ってきている。どこに向かうでもなく、いつ帰るでもなく歩いている。先日、慶応病院で会った時に気づいたのだが、美帆は優司と一緒にいても不思議と疲れなかった。億劫《おっくう》でも気詰まりでもない。彼といると何かしら元気が出るような気がする。たとえやくざでも中学からの同級生というのが気安さを生むのかもしれない。恋愛の対象外であることも大きい。

言問橋をくぐって隅田公園の方へ近づいていくと、昔よりはずいぶん数は減ったものの、川沿いにホームレスたちのダンボールハウスが立ち並んでいた。どれも青いビニールシートでしっかりと防水されている。

外に人影はなかった。優司は平気な顔でハウスの前を通り過ぎていく。

優司と共に歩いているときの安心感は格別だった。丈二と一緒にいるときも守られているという感覚はあるが、それとは決定的に異なる色合いがあった。譬えて言えば、格闘家や警察官と付き合っている女性はいつもこんな思いでいられるのかもしれない。きっと暴力というものに対する立ち位置の違いなのだろう。丈二が幾ら屈強でも、彼は暴力の遣《つか》い手ではない。彼といる限り、暴力を振るわれる側に身を置かざるを得ない。優司はそうではなかった。彼はそもそも暴力を生業とする人間だ。いわば暴力のプロだった。その点では格闘家や警察官を凌《しの》ぐ存在でもある。

美帆はできるだけ寄り添うように歩いた。優司が手を伸ばしてくれば腕を組んでもいいと思っていた。むろん彼はそんなことはしない。

騒ぎ声を耳にしたのは、ダンボールハウスの団地を五十メートルほど行き過ぎてからだった。左手の隅田公園の中から人の争うような物音が聞こえてきた。何かを乱打する鈍い音、気味悪い哄笑《こうしょう》、悲鳴まじりの呻き声。誰かが複数の人間に襲われているのは明らかだった。

悲鳴が届いた瞬間に優司の耳が尖るのがはっきり分かった。直後、右腕を強い力で摑まれた。優司は美帆を引っ張って駆け足で公園の中へと踏み入っていく。まるで目標をすでに捉《とら》えているかのように、立ち止まることも速度を緩めることもない。灌木《かんぼく》の植わった園内を突き切り、広いグラウンドの隅まで来て、ようやく止まった。

四人の男たちがうずくまった一人を取り囲み、暴行していた。

かわるがわる蹴りつけられているのはホームレスの男のようだ。両腕で頭を抱え、ひぃーひぃーとかすれた叫びを上げていた。四人組の方は少年たちだ。背格好からして高校生くらいだろう。一人が金属バットを持っていた。

「こら、くず、人間のくず、死ねよ、こら」

けらけら笑いながら男を蹴り上げている。悲鳴が上がるたびに笑い声が高く、大きくなった。その様子を撮影してもいるらしい。少年の持つスマホの四角い画面が、ほの白く発光している。どうやらホームレスは下半身裸のようだ。少年たちにズボンと下着を剝ぎ取られたのだろう。

「きたねえチンポしやがってよお。くせえんだよ、こら。ゴミがいっちょまえにそんなもんぶらさげてんじゃねえよ」

バットを持った少年がそう言って、バットヘッドをホームレスの股間にねじ込んでいる。

「傑作だよな。配信するからもっと派手に演出しねえと」

動画撮影をしている少年がポケットからライターを取り出す。

そういう光景を、美帆は一人で見た。というのも、一瞬後にはその光景に音もなく優司の姿が加わったからだ。

優司はバットを持った少年に背後から襲いかかると、あっという間にそれを奪い取った。すぐさまスマホを打ち砕いてからは、あとはもう一方的な暴力の嵐が吹き荒れただけだ。優司のバットは情け容赦がなかった。全員が頭を一撃された。頭蓋骨《ずがいこつ》と金属バットとがぶつかるゴンという音が静かなグラウンドに響く。ゴン、ゴン、ゴンとリズミカルで小気味よかった。

　こんなに残酷な場面に立ち会うのは初めてだったが、なぜか恐怖心は皆無だった。それよりも奇妙な興奮の波が美帆の全身に広がっていた。

　少年たちはものの十数秒でその場に昏倒《こんとう》した。

　そこからが無残だった。

　優司はグリップエンドをハンカチで丁寧に拭《ぬぐ》うと、バットを静かに地面に置き、頭から血を流して転げまわっている少年一人一人の足を摑んで引きずり回した。腹や顔を何度も踏みつけて弱らせ、傍《かたわ》らにしゃがみ込むと、彼らの右腕の肘《ひじ》を自分の腿にのせて順番にへし折っていった。骨が折れるバキッという湿った音が四回鳴った。少年たちの絶叫は凄《すさ》まじかった。

　そばに落ちていた下着とズボンを穿《は》かせ、ホームレスの男を背負って、優司が戻って来た。顔色もまったく変わらず、息も上がっていない。それどころか額に汗すら滲ませていなかった。

背負われたホームレスは呼吸を荒くしている。だが、見たところどこからも出血はないようだった。とっくに五十は超えている感じだが、意外にこざっぱりした身なりをしていた。着衣は埃《ほこり》だらけだが、髪と爪はきれいに切り揃えられている。顔もすこし腫《は》れていたがそれほど垢《あか》じみてはいない。

「おやっさん、どっか痛いとこないか」

優司が足元に目を落としたまま話しかける。

「大したことない」

男はしっかりした声で答えた。

「兄さんがすぐ来てくれたからな」

つけ加える。

「そうか。そりゃよかった」

優司の声はとても優しい。

「あの子たち、放っておいていいの」

地面に転がったままの少年たちの方を見ながら美帆は言った。

「心配せんでよか。頭の方は手加減して殴っといた。携帯使って、ダチ公か救急車くらいそのうち呼べるやろ」

まあ、自業自得《じごうじとく》よね、と美帆も思った。手加減したのなら死んだりはしないだろう。

「おやっさん、そこのハウスに住んどるとね」

「ああ」

「やったらこのままおんぶしていってやる」

「すまんねえ」

「よかよか」

川べりの遊歩道を引き返して、男をダンボールハウスの団地まで送っていった。ハウスの中に男を入れて出てくると、優司は足早に街中へと向かう。美帆も黙ってついて行った。時計を見ると、十一時になろうとしていた。

優司は店を見繕って仲見世《なかみせ》通りを歩いている。ほとんどがシャッターを下ろしているがまだ開けている所もわずかにあった。一軒の土産物《みやげもの》屋に入る。出てきた店員に何か話しかける。奥に引っ込んだ店員がしばらくして戻ってきた。手には一本の棒のようなものを持っていた。優司は包装を断ると、柄《つか》の部分を両手で握り込んでまっすぐに構えた。一つ頷いて財布を取り出し、その白木の木刀を買った。

「それどうするの」

美帆は不安になって訊ねた。まさかとは思うが、少年たちをこの木刀でもう一度懲《こ》らしめにいくつもりではないのか。

「おやっさんの背中見えたか」

優司はさきほど握った柄の部分をハンカチで拭い、それで柄をくるむ。

「いいえ」

「きれいな観音様ば背負っとらした」

美帆には優司が何を言っているのか分からなかった。

「あの人も昔はやくざ者やったんやろ。俺と同類たい」

「じゃあ、その木刀、あのおじさんに渡すの」

優司が口許をわずかに切り上げる。

「今度、連中が来たら、これで一人叩き殺せばよか」

右手に提《さ》げた木刀をひょいと持ち上げてみせた。

# 師　匠

古市珠代《たまよ》は眠らない。

弟子入りしたのは三年前だった。多いときは年間で三十冊近い本を出す引く手あまたの料理研究家だから、アシスタントとして古市珠代の仕事をそばで見てきた美帆は、みるみる腕をあげた。小柳美帆の名を冠した仕事が増えた現在でも、師匠からの呼び出しとあれば、駆けつけざるを得ない。なにより今でも立ち会うたびに発見のあるレシピは、おおいに学びがある。

二〇二一年、古市は三冊目となるレシピ本『料理のダンドリ』を出版した。これが古市の出世作となった。彼女はテレビの料理番組や女性誌、料理雑誌でひっぱりだことなり、一躍、料理研究家の中でも五指に入る人気者となった。

美帆にとってもこの本の成功は大きかった。二年前に勤めていた出版社を辞め、片瀬に戻ったあとロンドンに滞在していたが、新型コロナウイルスの大流行で二〇二〇年の春に緊急帰国した。母校のお茶の水女子大に聴講生として通いながら臨床心理士を目指すつもりでいたのだが、授業はすべてオンラインに切り替わり、家にいる時間だけはたっぷりとあった。小遣い稼《かせ》ぎのつもりでかつての同僚から女性誌のレシピコーナーの編集を頼まれたのをきっかけに、面白いほどに料理にのめり込んでいった。取材で仕入れた食材の小ネタや調理法のコツとともにＴｉｋＴｏｋに料理動画をあげると、閲覧回数は少しずつだが伸びていった。顔出しせず、手元のみの映像で評価されるというのが、美帆にとっては新鮮であり、痛快でもあった。数字を維持するためには頻繁な投稿が肝心なのだが、そのころには美帆は自分に料理の素地がないことを痛感しはじめていた。そんな折『料理のダンドリ』の編集を委託され、仕事が終わるころには古市に弟子入りしていたのだった。

買ってきた野菜を冷蔵庫に入れる前に、ほんのひと手間の仕込みを。きのこはほぐしてジップロックに入れて冷凍する。ブロッコリーは固めに茹でて保存。傷《いた》みやすいもやしはすぐに茹でて塩こしょう、ごま油でナムルに。肉も、豚こまなら味噌やオイスターソースなどコクのある調味料で揉みこみ、パサつく鶏《とり》むね肉ならヨーグルトに漬けて冷蔵庫へ。洗うだけ、切るだけ、茹でるだけ、漬けるだけ。負担にならない程度の「ついでの」ひと手間が、当日の料理の負担をぐっと軽減してくれる。さらに三日分くらいのメインとなる献立をおおまかに決めておくのも、気持ちを楽にする方法のひとつ。今日は鶏肉、明日は鮭、あさっては豚肉と決めたら、冷蔵庫から食材を出すだけ。肉は常温に戻し、鮭は酒をふっておけば、あとは焼くだけですぐにおいしい料理ができあがる。副菜はメインの調理法や味付けと重ならないように組み合わせれば、バリエーション豊かに、バランスのとれた食事になる。

毎日の料理を、無理なく、シンプルに仕上げていく古市のレシピは、家事と仕事に追われる共働きの夫婦に大歓迎された。時間をやりくりして、ちょっとした空き時間に作業することを習慣化した古市のライフスタイルも注目され、いまでは特集が組まれるほどだ。

二年前には、食材を鍋《なべ》に重ね入れ、火にかけて煮込むだけで絶品料理ができる「ほったらかし鍋」のレシピ集を出版し、古市珠代の名前は一層世間に広まった。レシピの試作から撮影まで、この本をメインで手伝ったのも美帆だった。

古市珠代は福岡の出身で、いまも福岡市内に立派なキッチンスタジオを備えた自宅兼事務所を構えている。西麻布《にしあざぶ》にも大きなスタジオを持ち、コロナで一時休業していた料理教室を再開してからは福岡と東京を週に一度往復し、そのあいだにもテレビ出演、本や雑誌の取材、商品開発、講演などを寸暇もなくこなしつづけていた。

福岡市の隣、片瀬市出身の美帆は同郷でもあった。

今日も午前九時に西麻布のスタジオにスタッフ全員が集合し、撮影に入る前の簡単な打ち合わせを行なった。白のカットソーに白地にベージュのストライプの入ったズボン、いつもの胸当て付きの真っ白なエプロン姿で現れた古市珠代は、相変わらずの潑剌《はつらつ》とした生気を発散していた。両腕でたくさんの本を抱えている。

「小柳さん、ご活躍なによりです。お元気でしたか？」

三月に料理本を一冊手伝って以来、二ヵ月半ぶりの再会なので古市は開口一番言ってくる。手の中の本を作業台にどんと積むと、広い台の周囲に腰かけていた今日のスタッフたちにさっそく配り始めた。『古市珠代の英語も上達！　日本料理』、『古市珠代の〝整う〟絶品レシピ』、『古市さんちの日替わり季節小鉢』。どれも美帆が自身の仕事をしていたあいだにフードライターや編集者たちと作った本だった。古市珠代は今年で六十三歳になる。四人の子供を育て上げ、大手鉄鋼メーカーに勤める夫を主婦として支えながら料理の道を究めてきた。本格的に料理研究家としてデビューしたのは、子育てを終え、嫁《とつ》ぎ先の両親の介護を済ませ、夫が定年で会社を辞めた五十代半《なか》ばからだった。

〈一日二十四時間という限られた時間を、メリハリをつけて効率よく使う〉、〈何事にもアンテナを張り、絶え間なく脳を動かす。料理のアイデアは日々の暮らしの中にしかない〉と彼女は著書や雑誌のインタビューで公言しているが、そば近くで見てきて、その言葉に嘘偽《うそいつわ》りはないと美帆は確言できる。

古市珠代は常にすさまじい集中力を発揮する人だった。

「先生、この『英語も上達！　日本料理』、とてもいいですね」

〈Mixing tofu in with the meat when making hamburgers lowers the fat and the cholesterol.〉

豆腐入りハンバーグの英文解説を読みながら美帆は言った。

「そうでしょう。お豆腐は海外では健康食材としてすっかり定着したわね。外国人向けにオンラインで英語のお料理教室を開くとすごい人数の申し込みがあるんだけど、生徒さんたちが、英語で書かれた日本料理のレシピが全然ないっていうのよ」

欧米でも、より自然に近く、ダイエット効果、制がん効果の高い日本食のニーズはどんどん高まっている。「和食」が二〇一三年にユネスコ無形文化遺産に登録されてからはますます人気が出て、こうした試みには将来性があると美帆は感じた。

「アメリカで発売するものは、もちろん日本語は全部抜いて、英語だけよ」

渡された本には、なるほど〈豆腐を混ぜて作るハンバーグは、低脂肪、低コレステロール。〉といった対訳が付されていた。

他のスタッフは無言で本のページを捲《めく》っていた。今日は、婦人誌の料理ページの撮影を行なうが、それとは別に一カット だけ正月号用の大皿メニューも撮ることになっていた。

料理ページの方は〈食材3つ、3ステップで作る「居酒屋おかず32」〉という企画だから、ページ全体の構成はちょうどファミレスのメニューのような感じになる。写真はほとんどが切り抜きで使うので、それほど手の込んだ撮影の必要はなかった。ただ、レシピのいくつかは動画の撮影もするというので、夕方までに三十三品を作り、それを順次カメラに収めるとなるとスタッフ一同、相当なスピードを要求される。

写真家は人気の料理カメラマン、中村卓也《なかむらたくや》だった。多忙をきわめている上に、こだわりの写真を追求する人だから、本当はこうした数をこなす仕事はあまり受けないと聞いたことがある。古市先生の指名とあっては、むげに断ることもできなかったのだろう。

彼はいつものアシスタントの女の子を連れてきている。

あとは婦人誌のフリー編集者の有賀佳恵《ありがよしえ》、器《うつわ》やグラス、クロス、ランチョン、カトラリー類などをそろえてくれるフードスタイリストの杉田潤子《すぎたじゅんこ》、そして美帆の三人だった。有賀も杉田も再三チームを組んできた気心の知れた人たちだ。古市事務所の料理スタッフ三人は、美帆たちが到着した時にはすでに奥のキッチンに入り、今日の料理のための仕込みに余念がなかった。

料理スタッフの一人が出してくれた中国茶を飲みながら打ち合わせを始める。メニューの確認や差し替え、器の選定などは事前に済ませている。

編集の有賀が大体の構成をレイアウト用紙に手書きしたものを古市に見せる。タイトルやそれぞれの料理のスケッチが上手に描きこまれていた。七月売りの号なので、古市側から出されたメニューの中の数品を夏野菜を使った料理に変更してもらったようだ。この場で最終の確認が取られる。ページ数は七ページ。

古市は一ページ一ページ丁寧に目を通していく。

「はい、よろしゅうございます」

古市珠代が大きな声で言い、立ち上がった。それを合図に全員が席を立つ。時刻は九時半ちょうど。古市はスタジオ中央のオープンキッチンの前に陣取る。料理スタッフが右奥の別のキッチンでレシピ通りに取り揃えた材料を次々に古市のもとへと運び、さっそく調理が始まった。

最初の一品はキムチを使った「韓国豆腐」。二番目が「アボカド納豆のり巻き」。そして「ツナおかきレタス」、「まぐろユッケ」、「簡単つくね」、「むきエビと枝豆の串焼《くしや》き」、「プチトマトの豚肉巻き」、「コロコロ野菜のチーズフォンデュ」とみるみるうちに料理が出来上がっていく。

美帆はノートに記したレシピに目をやりながら、そばで彼女の手元を注視する。わずかでもレシピと異なる調味料や材料を使ったときは、すぐにその場で確認する。「むきエビと枝豆の串焼き」では、空のボウルにお酒を注ぐと、古市は酒でエビのぬめりを取り始めた。「お酒で洗った方がいいですか?」と美帆は口を挟む。レシピでは「水で洗う」となっているからだ。

「だって、水がないじゃない」

古市はやや怒気《どき》を含んだ口振りで言う。水を張ったボウルを手元に用意しておかなかったスタッフのミスに苛立《いらだ》っているのだ。

「じゃあ、エビは水洗いのままで構いませんね」

「ええ、もちろん」

手を動かしながら古市は顔を上げて笑みを浮かべた。

鶏肉を使った最後の大皿料理の撮影が終わったのが午後六時ちょうどだった。ベテラン揃いのスタッフだから小さなトラブルもなく順調に撮影は進んだ。それでも三十三品を一日で撮り上げるのは大変だった。皆それぞれに疲労の色を滲ませていたが、例によって古市珠代だけは意気軒昂《いきけんこう》だった。半日のあいだ立ち詰めで三十三種もの料理を作り、他にも全員の昼食用に「ボロネーゼのマッシュポテト載せ」を大きなバット二つ分オーブンで焼き上げ、撮影終了間際《まぎわ》には愛用のアイスクリームメーカーでこしらえたアイスクリームに手製のクランベリーソースをたっぷりかけたものを皆に振る舞った。誰よりも疲れているはずの古市が、誰よりも元気だった。

古市は「寝ても覚めても料理のことを考えている」とよく言う。東京―福岡を週に一度は必ず往復しているが、その移動の機中でも眠ったことなど一度もない。機内誌を見れば、ちょっとした記事に料理のヒントを摑み、八百屋やスーパーでかぼちゃ一つ、トマト一個見てもあれこれと新しい料理のアイデアを考える。彼女が初めて料理に手を染めたのは小学校二年生のときだった。「料理は際限なく思いつく」と言う。思いつくたびに手近なメモ用紙などにレシピを書きつけて、それをタイピングする。もうその数だけで十万件を超えている。他にも、若い頃から集めたレシピが山ほどある。雑誌や新聞、料理本の切り抜きやコピーなどだが、その一つ一つが品目別に仕分けされ、分厚いコクヨのバインダーにファイリングされていた。彼女がそうやって収集したレシピはすでに三十万件を突破していた。全国各地での講演や実演が一年に百回以上。東京滞在中は今日のような撮影を二日に一回はこなし、料理教室も福岡と東京で月に一週間ずつ開いている。そのうえ、最近は幼児向けの食育教室、オンラインでの外国人相手の料理教室なども定期的に行なっていた。

素早く機材をまとめると、中村たちが真っ先に引きあげていった。それから杉田、有賀も帰っていった。三人の料理スタッフは奥のキッチンで黙々と後片づけをやっている。

「小柳さん、ちょっと二階でお茶でも飲んで行きませんか」

ようやくエプロンを取った古市珠代が誘ってきた。

二階の事務所は広いスペースのほとんどが書棚で埋め尽くされている。書棚に収まっているのは四千冊を優に超えるレシピのバインダーだった。入口のドアを開けてすぐ左に作業台があり、壁際に小さなソファが置かれていた。右の窓際には三つの机が並んでいる。一番奥が秘書の席で、真ん中が古市の席、手前は「フルイチ・アソシエーツ」のもう一人の代表取締役である古市善彦《よしひこ》、つまり古市珠代の夫の席だった。善彦は珠代が東京にいるあいだは福岡にいる。珠代が福岡に帰っているときはこの事務所に詰めていることが多い。夫婦はそうやって交互に上京し、スムーズに会社の運営が行なえるよう配慮している。経理関係を含めてフルイチ・アソシエーツの会社業務の全般は善彦が引き受けている。

事務所には誰もいなかった。専属秘書も帰ったのだろう。古市が紅茶を淹《い》れてくれた。作業台に差し向かいで座って、あたたかい紅茶をすする。

「ずいぶんご無沙汰《ぶさた》だったけど、元気にしてたの？」

今朝、顔を合わせたときと同じ質問をしてきた。美帆はカップを口許に寄せながら曖昧《あいまい》に頷いた。

「あんまり元気でもないみたいね」

古市が微笑《ほほえ》んだ。

「どうしたの。何か悩みがあるんだったら話してみたら」

美帆は古市珠代を尊敬していた。その徹底した人生には深い敬意を抱《いだ》いている。ただ、彼女のように生きたいと思ったことはなかった。

「新聞記者の彼氏とうまくいってないの？」

言われて美帆は頷いた。話してどうなるものでもないし、この程度のことが悩みと言えるかどうかは疑問だが、古市にはこれまでも仕事のことや丈二との関係など、隠さずに打ち明けてきた。

丈二は今回の衆議院選挙への出馬を断念した。公認は水上議員の女婿《じょせい》が受けることになった。決まったのは六月に入ってすぐだった。当分はいままで通り、政治記者として活動することになり、堀米幹事長が共同通信の編集局長、政治部長を招いて、直々《じきじき》に丈二の不出馬を伝え、彼の今後の処遇について善処を求めたということだった。

水上側に軍配が上がったのは、総理から直接の要請が堀米幹事長に対して行なわれたからだという。

「水上は旧郵政省の役人時代に、先代の愛人の面倒をずっと見ていたらしいんだ。堀米さんはそれ以上言わなかったが、他の筋から聞いた話だと、どうやら愛人とのあいだには隠し子がいて、先代が死ぬとき、その隠し子のことも水上は託されていたらしい」

総理の父親は、民自党の副総裁まで上り詰め、「郵政族のドン」と呼ばれた大物政治家だった。

自身の境遇と重なるところがあったためか、一連の経緯を知って、丈二には吹っ切れた感じがあった。しかし、政治家への転身を諦《あきら》めたわけではなかった。いずれ行なわれる解散総選挙を睨むのではなく、来年七月の参議院選挙に照準を合わせているようだった。

丈二はしきりに結婚したいと言い募っていた。「ちゃんとした形が作りたい。もうあとがないんだ」と美帆の決心を求めてきた。人生の最大のチャンスを失い、喪失感が大きいのだろう。せめて一つくらい結果を出したいと考えているようだった。今度ばかりは適当にはぐらかすわけにもいかない気がしている。

「だったら結婚すればいいじゃないの」

美帆の話を聞いて古市はあっさり言った。

「小柳さん、今年でお幾つ？」

と訊いてくる。

「十二月で三十五です」

なあんだ、という顔を古市は作った。

「子供はほしいの？」

「まだよく分からないのですが、後悔するのもいやなんです」

「じゃあ、選択の余地はないわね。失礼な言い方するけど、その歳だと高齢出産でしょう。子供を産むぎりぎりなのよ。産めるなら相手なんて誰でもいいじゃない。とりあえず結婚して、子供を作って、それから好き放題すればいいのよ。私を見ていたら分かるでしょう」

古市のあっけらかんとした物言いと力強い瞳が美帆にはまぶしい。

「前にも話したかもしれないけど、私は二度、この仕事をやめようと決心したことがあるの。一度は病気。もう一度は夫からあることを言われたとき」

美帆は古市の顔を真《ま》っ直《す》ぐに見返した。病気のことは知っていたが、あとの話は初耳だった。

「まだ私が四十代の頃のことよ。全国の料理コンテストでかたっぱしから優勝して、ようやく雑誌や新聞から取材が舞い込み始めたの。私は嬉しくなって、ちょうどその頃は東京住まいだったから婦人誌の料理ページなんかにちょくちょく顔を出すようになってた。そしたら、ある日、夫からものすごい剣幕で叱《しか》られたの」

当時、役員就任寸前のところまできていた善彦は、社内で懇意の役員に呼び止められてこう言われた。「きみの奥さんもなかなかご活躍らしいね。家内が雑誌を見て驚いていたよ」。善彦は帰宅すると血相変えて珠代に抗議した。

「きみが好きなことをやるのは構わない。大いにやればいい。だけど、僕の仕事の邪魔をするのだけは止《や》めてくれ」

それまで聞いたこともないような厳しい口調だった。

「古い体質の会社だったから、どんな仕事だとしても女房を外で働かせてる男は、それだけで役員失格なのよ。夫から、どうして顔や名前をそのまま出すんだ、せめて僕の肩書くらいどうして伏《ふ》せてくれなかったんだって言われて、私は悪かったと謝ったの。始めていた料理教室をすぐに畳んで、雑誌の仕事も全部断って、料理のことはすっぱり諦めた。そのうち夫がまた北九州に赴任することになったから、そのまま私も一緒に福岡に戻ったのよ」

それから夫が退職するまでの十年近く、古市珠代は地元で細々と料理教室を開いてはいたもののメディアに登場することは一切控えた。

「あのとき悔しくなかったと言えば嘘になる。夫のためと割り切ろうとしたけど、簡単に割り切れるものじゃなかった。でも、私は夫や子供のために精一杯のことをやったし、我慢だってしてきた。そしたら、たいがいのことは耐えられたし、気持ちさえ切り換えられたらいつでも新しくやり直せるってことも分かった。きっと諦めきれず耐え忍んでいた期間に、パワーを蓄《たくわ》えていたのね。結局、自分が本当に好きなことだったら、いつからだって始められるのよ。結婚や出産、子育てが足かせだなんて思ってる人も多いみたいだけど、それは全然違う。それらすべてが今につながっているのよ。相手のために尽くしてきたことは、きちんと自分に撥《は》ね返ってくるの。そう考えると、自分のためにどんなことでもしようと思うじゃない。精一杯を超えて、言ってみれば命と引き替えにできるのって自分のことだけ。幾ら夫のため、子供のためと力んでみても、自分の命と取り替えっこは絶対にできないでしょう。だから、目の回るような忙しさや理不尽な仕打ちも、自分の夢や希望の実現のためなら、そんなの撥ね除《の》けられるのよ。意志さえあれば何でもやれるのに、それを周りの誰かのせいや環境のせいにするのは甘いわね。たとえ家事や子育てに追われていても、夫も子供も一日数時間は必ず眠る。その時間だけは自分だけの時間にできる。睡眠時間をすこし削《けず》れば、どんなときだって好きなことができるじゃない。それが難しいとしても、たとえば子育てを一週間単位でとらえれば、忙しい時間とそうでない時間の凸凹が出てくるはず。そこでやりくりすることが絶対に可能なの。そうやって捻出《ねんしゅつ》した時間を積み上げていけば、そこらのサラリーマンなんかより、かなりの時間を自分に費やせるようになる。やりたいことなんて何だってできるでしょう。時間がない、自由がないなんて言ってる人は、本当にやりたいことを見つけていないだけ。本当にやりたいことさえ見つけられたら、一分たりとも無駄にできなくなって、あらゆる経験から何かを学び取ろうとするはずなの。人生の時間配分を必死になって考えて、人に尽くすときと、自分に投資するときとメリハリをつけて生きてこそ、来《きた》るべき日に、蓄えてきた知識や能力をどーんと放出できるのよ」

古市はいつもの調子で矢継《やつ》ぎ早《ばや》に喋った。美帆は黙って拝聴するだけだった。

「とにかくさっさと結婚して赤ちゃんを産みなさい。出産だけはタイムリミットがあるのよ。他のことは幾らだってあとから取り返せるんだから。今は昔と違って一つの会社に縛られて、そこでうまくいかなきゃもうおしまいってわけじゃないでしょ。自分の夢を見つける方法なんて幾らでもあるし、何度失敗しても、最後まで探しつづけることもできるじゃない」

彼女の言うとおりだろうな、と話を聞きながら美帆は思った。いまさら丈二との結婚に躊躇《ためら》う理由などない。二年前に再び付き合おうと決めた瞬間から、こうなることを予期していたし、そのように自身を追い込んでもきた。しかし、それが差し迫《せま》った現実となると、にわかに迷いが生じてくる。丈二と結婚することによって自分は過去を取り戻せるかもしれない。ただ、その代償としてこれからの未来を失うのではないか。過去を回復することに憂《う》き身をやつしたがゆえに、この九年間で再生させた真実の自己を捨て去ってしまうのではないか。どうしてもその危惧《きぐ》を美帆は拭い去ることができなかった。

さらに、丈二の態度や物言いにも昔と変わらぬ横暴さが窺われた。自分には何か大きな別の人生というものがあって、美帆との結婚などは、それに比べれば添え物程度に過ぎないとでもいうような、そんな傲慢《ごうまん》さが透けて見えた。だからこそ、さっさと片づけてしまいたいし、片づけてしまえると思い込んでいるのではないか。

そうした凡庸《ぼんよう》な相手であれば、古市の言うごとく、存分に割り切って対応すべきなのかもしれない。子供を産み、人生の本当の目的を見つける手段としての結婚でも構わない、と古市は言っていた。

だが、果たしてそれでいいのだろうか。

「あなたは美しすぎるのよね。それがあなたの不幸なのかもしれない。いまだって女優さんになれるくらいきれいだもの」

美帆が物思いに耽《ふけ》っていると、古市珠代がぽつりと言った。

「ほんとうは、もっともっと活躍できる人なのに」

そして、さらに励ますような口調で彼女はつけ加えた。

「美人はなかなか幸福になれないの。それだけは肝に銘じておきなさい」

## 父の独白

七月の東京は快晴続きだったが、その日は西に向かうにつれて曇っていった。京都駅のホームに降り立って見上げた空は、いまにも降り出しそうな暗い雲に覆われていた。

奈良行きの近鉄《きんてつ》特急に乗り換えるために、丈二と二人で構内を歩いているとき、美帆のスマホが鳴った。時刻は十一時半になろうとしていた。

受話口を耳に当てると母の早苗の沈んだ声が聞こえてきた。

「美帆ちゃん、おとうさんが倒れたわ。いま市民病院で緊急手術してるの。脳溢血《のういっけつ》だって。仕事たいへんだろうけどすぐに帰ってきて」

ディスプレーに母の名前が表示されたときから、きっと父に何か起きたのだろうと感じていたので美帆はさして動揺しなかった。

「容態はどうなの？　危険な状態？」

「分からない。正也に訊いたら、搬送が早かったのなら命に別状はないだろうって」

「いつ倒れたの」

「今朝。朝ご飯食べて、今日は熊本だから八時には出る予定だったの。なかなか書斎から出てこないから行ってみたら倒れてた」

「意識はあったの」

「ええ。左の手足が痺れてきてるから脳溢血だっておとうさん本人が言って、それですぐに救急車を呼んだの」

「そう」

「今日、帰って来られる？」

「大丈夫よ。いま京都なの。これから急いで新幹線に乗る。正也も戻るんでしょう」

「ええ。病院から大至急羽田《はねだ》に向かうって」

正也は東京医科歯科大の医局に勤めている。医師である彼に母が先に一報したのは当然のことだった。

「じゃあ、直接市民病院に行く。おかあさん、気をしっかり持ってね」

「分かってる」

そう言って母の方から電話は切れた。

通話を切って、父は今年幾つだろうか、と思った。たしか六十六歳だ。まだ死ぬにはすこし早い。

すぐそばにいた丈二が、

「おとうさんが倒れたの？」

と確認してきた。

「脳溢血みたい。いま手術中だって」

「こっちのことは気にしなくていい。早く帰ってあげないと。おやじとお袋には俺の方から説明しておくから」

丈二はついて行くとは言わなかった。

去る六月、首相は国会会期末に衆議院を解散、総選挙に踏み切った。閣僚らの不祥事による相次ぐ辞任と我孫子《あびこ》派、山階《やましな》派の裏金問題で支持率が過去最低となった時点で派閥の解散を断行、デフレ脱却を宣言し、四月の補欠選挙を何とか持ちこたえて強引に解散に持ち込んだのだ。明日十五日は、その第五十回衆議院選挙で初当選した水上の女婿、青木雄《あおきゆう》一郎《いちろう》議員の県連主催の祝賀会が地元奈良で開かれる。来年の参議院選挙への出馬をもくろむ丈二としては、いままでの経緯からしても、どうしても顔を出さなくてはならない会だった。

「一緒に行けなくてごめん」

新幹線のホームで電車に乗る直前、丈二は言った。

「私こそほんとうにごめんなさい」

美帆は頭を下げた。丈二の両親に挨拶に赴《おもむ》く当日に倒れるとは、なんて間の悪い父親だろう、と思っていた。

三時半に片瀬市民病院に到着した。手術は終わり、父は集中治療室で眠っていた。医師の説明によれば後遺症の有無はともかく手術自体は成功したとのことだった。ただ、開頭してみると出血の範囲は予想外に大きかったそうだ。

先着していた正也が説明を聞いたという。弟からの報告だったので美帆は一安心した。早苗は家に戻っていた。混乱と憔悴《しょうすい》が激しく、正也が言い含めて帰らせたようだった。

「かあさんにはこういうの無理だろ」

と正也は静かに言った。

「麻痺《まひ》とか残るのかしら」

「分からないな」

「半身不随とかになったら、おとうさん、気が狂うわ」

「自殺するだろうな、たぶん」

集中治療室の前の廊下で、長椅子《ながいす》に並んで腰かけて美帆たちは話した。

その日の夕方、父は意識を取り戻した。翌日の昼には個室に移ることができた。丈二からは二度ほど連絡があり、父の容態を伝えた。「とりあえずよかったな」と彼は言い、「うちの親たちも心配してくれてるよ」とつけ加えた。

一体、誰のことを、どう心配しているというの？　と美帆は思った。

十五日は海の日だった。休日の病院は閑散としていた。早苗と正也は昼間から父に付き添っていた。夕方、美帆と交代して二人は引きあげた。

美帆が行ったときは父は眠っていた。昨夜までの顔のむくみもだいぶ取れていた。頭には包帯が巻かれ、左腕からは点滴のラインが伸びていた。父は面高の整った顔立ちをしている。寝顔を見ればまるで外国人のようだ。

事実、父の身体にはポーランド人の血が流れていた。父の祖父がフンボルト大学医学部に学び、そのときポーランド系ドイツ人の女性と結婚していた。小柳家はこの曾祖父《そうそふ》の代からずっと医者の家だった。祖父も医者だったし、父も医者になった。正也も東京医科歯科大学を卒業し、腫瘍《しゅよう》内科医の道を歩んでいる。三年前にニューヨークのメモリアル・スローン・ケタリング癌《がん》センターに留学し、抗がん剤治療の最先端を学んで、昨秋に東京に戻って来たばかりだった。

父と母とは、父が東京の病院で勤務医をしているときに知り合った。母は精神科の看護師だった。ベッド数が千を超える大病院だったが、母はその病院で働く看護師の中で誰よりも美しかったという。

確かに母はきれいな人だった。太腿の痣を取るために入院したとき、手術の前の晩に彼女は言った。

「顔と身体は女の武器よ。きれいな女が顔を磨くのは当たり前。胸の大きな女が胸を寄せるのも当たり前。そういうことを軽蔑《けいべつ》する女は絶対に幸福にならないわ」

美帆は子供の頃から、母に似ていると言われた。事情を知らない人たちは本当の母子だと信じていた。「やっぱりおかあさんが別嬪《べっぴん》やから」といつも言われた。早苗自身も美帆に「あなたは私にそっくりね」とよく言った。その言葉を聞くとまるで本物の子供になれたようで美帆は嬉しかった。だが、もっと嬉しかったこともある。

幼稚園に通っているときだった。クリスマスの発表会で美帆はマリア様の役を演じた。長いブルーのドレスを着て髪には金色のティアラを飾った。舞台を降りると、父が待ち受けていた。父は満面の笑みを浮かべて美帆を抱き上げ、耳元で囁いた。

「お前はかあさんより何倍もきれいだ」

美帆はこの父の言葉を忘れたことはない。

花瓶の水をかえたり、壁際のソファで雑誌に目を通したりして父が目覚めるまで時間を潰《つぶ》した。一時間ほどして父は目を開けた。

「美帆だけか」

すこししゃがれた声で父が最初に言った。

「うん。おかあさんたちは帰った」

「そうか」

父はほっとしたような小さな息を吐いた。

「どう、つらくない？」

美帆の問いかけに父は返事をしなかった。雑誌をソファの前のテーブルに置いて、美帆はベッドサイドの丸椅子に移動した。顔を覗きこむと父と目が合った。

「おとうさん、大丈夫？」

父は小さく頷いた。そして、

「美帆、かあさんに負けるんじゃないぞ」

ぽつりと言った。

唐突な言葉に何も返せなかった。

「あの人は可哀そうな人だ。あんなふうにしてしまったのはとうさんのせいだ。だが、とうさんだけが悪かったわけじゃない。あの人の一番の間違いは、そのことを決して認めようとしないことだ」

父は淡々と話す。手術の影響で頭が混乱しているわけではなさそうだった。

「スプーンはおかあさんが二階のベランダから投げたんだよ。私、この目で見たの」

美帆は初めて、そのことを口にした。

「そうらしいな」

父は意外なことを言った。

「どうして、おとうさん知ってるの」

「正也から聞いた」

「正也が何で知っているの」

そのことは早苗と美帆以外には誰も知らないはずだった。

「正也はかあさんから聞いたそうだ」

どうして？　美帆はすこし当惑した。小さい頃から可愛《かわい》がっていた飼い猫のスプーンは母から投げ落とされて左の後ろ足が不自由になった。以来、スプーンは死ぬまで早苗に近づこうとはしなかった。

父は女性関係の派手な人だった。結婚したあとも女出入りが絶えず、母は、いつも苛々《いらいら》していた。夫婦喧嘩もしょっちゅうだった。それでも、二人とも子供たちに八つ当たりするようなことは滅多になかった。

だが、母がスプーンにした仕打ちを美帆は決して許せなかった。正也が溺れた自分を助けようとしなかった父を決して許していないように。正也は一度言ったことがある。

「とうさんは僕が死んでもよかったのさ。僕は姉ちゃんと違って、あのかあさんの産んだ子だからね」

彼のこの見方は半分当たっていると美帆も思っていた。

「お前は、結婚したくないのか」

しばしの沈黙のあと父が言った。どうしてこんな話をするのだろう。まるでこれから死んでいく人みたいだ。

「そうじゃないけど」

「無理にすることはないぞ」

「分かってる」

「人間は所詮《しょせん》、一人ぼっちだ。誰かと一緒になって余計そう感じることもある」

「さみしい話ね」

「さみしくなんかないさ」

父の表情は明るかった。大きな荷物を肩から降ろした人のようだった。

「おとうさんはおかあさんより愛した人がいたの」

美帆は訊く。

「いたよ。その人と一緒になればよかったといまでも思っている」

「どうしてそうしなかったの」

「おかあさんがいたからね」

「でも、それなら別れればよかったじゃない」

「そしたら死ぬと言われた。あの人はきっと死んだと思う。まだお前も正也もいないときのことだったから」

「その人はいまどうしてるのかしら」

「もう死んでいた。久しぶりに会って分かったよ」

美帆は父の言うことが理解できなかった。

「昨日、彼女が来てくれたんだ。いろんなことを教えてくれた」

父は目を細めながら言った。

「美帆。私はお前のことを他人と思ったことは一度としてないよ。ほんとうにそう思えなかった。どうしても自分の娘としか思えなかったんだ」

「おとうさん」

「そんなヘンな顔するな。別に頭がおかしくなったわけじゃないんだから」

そこで父は笑った。

「もし、誰かいい相手が欲しいなら、とうさんがお前に一番似合った人をいずれ見つけてきてあげるよ」

やっぱりこの人はもうすぐ死ぬのだ、と美帆は思った。

翌朝の午前六時、病院から自宅に電話が入った。父が二度目の脳内出血で息を引き取ったという連絡だった。

## かすみ

金曜日の晩だというのに「あかり」は空《す》いていた。

優司がドアを開けて入っていくとカウンターのスツールに座っていた女性が出迎えてくれた。店内はそれほど広くはなかった。左手に七、八人は腰掛けられるカウンターがあり、その右がフロアになっていた。壁に沿って凹形にソファがつづき、手前にはL字形のテーブルと椅子《いす》、その先には普通のテーブルと椅子が三セット並んでいた。フロアの席数は全部で二十くらい。カウンターを入れてもせいぜい三十人も入れば満員の店だった。奥の壁は鏡張りで、右手にはレーザーカラオケを据《す》えつけた一段高いステージが設けられていた。内装は濃い目のグレーで統一され、フロアの絨毯《じゅうたん》だけがベージュだった。客は奥の席に背広姿の三人連れがいるだけで、女の子二人が相手をしていた。カウンターには若いバーテンダーが一人。美帆たちに近づいてきた着物姿の女性は三十歳は過ぎているだろう。なかなかの美人だった。

この人がリリコが言っていた「かすみさん」か、と美帆は思った。

「いらっしゃい」

かすみが優司と美帆の両方に笑顔を向けた。

「彼女がこの前話した、小柳美帆さん。俺の同級生」

優司が照れくさそうに言う。かすみは着物の胸元から名刺を一枚抜いた。

「このたびは御愁傷さまでした。一度だけでしたけど、小柳先生にもお越しいただいたことがあるんですよ」

受け取った名刺には「あかり　佐野《さの》かすみ」と記されていた。

「そうだったんですか」

「はい」

それからしばしかすみは無言で美帆を見ていた。

「どうしたんや」

優司が言うと、

「美帆さんがあんまりきれいなんで、つい見惚《みと》れてしまいました」

と真顔で言った。

三人で手前のL字形のテーブル席についた。美帆と優司はソファに座り、かすみは向かい側の椅子に腰掛ける。バーテンがすぐにウィスキーと氷、グラスをトレイに載せて持ってきた。ウィスキーはサントリーの「白州《はくしゅう》12年」だった。

「水割りでよろしいですか」

かすみに訊《き》かれ、美帆は「ロックでお願いできますか」と言う。優司も「俺もロックにしてくれ」と言った。美帆はバッグから自分の名刺を出してかすみに差し出した。

「わざわざご丁寧に」

かすみは名刺を眺めたあと、押し頂くようなしぐさをして胸元にしまった。

バーテンにボールアイスの入ったロックグラスを持って来させると、優雅な手つきでウィスキーを注ぐ。自分の分は水割りを作った。

「仲間君、ずっとお酒飲んでなかったって言ってるけど、ほんとうなの」

グラスを受け取りながら訊いた。

「そうなんですよ。うちにも滅多に顔出さなかったのが、先月東京から帰って来たら、もう毎晩」

かすみは呆《あき》れたような顔を作って優司を見る。

「四年分を取り返すなんて大バカ言ってるんですよ、この人」

優司は何も言わずにウィスキーをすすっていた。

「父はいつ頃、こちらに来たの」

かすみは「いつだったかしら」と思案気になり、

「もう三年くらい前じゃないかしら。若くてとってもきれいな方とご一緒でした」

「二人だけで？」

「ええ」

かすみは澄ました顔で頷《うなず》いた。

「でも、そのときが最初で最後なんですよね」

「ええ」

「じゃあ、その相手の女性は初めてじゃなかったのかしら」

「さあ。そういえば、その前に何度かいらしていたかもしれません」

かすみは言葉を濁《にご》す。

女性の身元をもっと訊《たず》ねてもよかったが、美帆は深追いしなかった。あの父の女性関係を掘り返したところで、こっちがうんざりするだけだ。

十七日の通夜《つや》、昨日の葬儀の折も、見知らぬ女性が何人も焼香にやって来ていた。予想に反して母はそういう女性を見ても淡然としていた。正也は「誰にも奪われなかったんだから、まあ、かあさんの勝ちってことなんだろ」と解説していた。

通夜の晩は、弔問客が絶えた午後九時頃から雨になった。激しい雨で、雨音が屋内にまで響き渡ってきた。梅雨《つゆ》の終わりの最後の一雨だった。

午後十一時。母や正也は控え室に引きあげ、斎場には父の妹である叔母と美帆の二人だけだった。その叔母が帰ろうとしていたところへ、喪服の肩口をびしょ濡《ぬ》れにした優司が現れた。外の雨音はますます大きくなっていた。

優司は六月半《なか》ば、東京を引きあげるときに一度連絡をくれた。以来、何のやりとりもなかった。

斎場に入ってきた仲間優司を一目見た瞬間、美帆は張り詰めていた緊張がいちどきにほどけていくのを感じた。その場に座り込みたいような、もっと言えば、近づいてくる優司にしなだれかかりたいような気分になった。

「大変やったな」

と優司は言った。

祭壇前で焼香してもらい、母たちのところへ案内した。控え室は十畳の和室で、洗面所、バス、トイレの他にキッチンも付いていた。

優司が入っていくと、正也がすぐに気づいて立ち上がった。

「優司兄ちゃん」

と懐《なつ》かしそうな顔になった。

座卓のそばでうなだれていた早苗も顔を上げて、「仲間君、よく来てくれたわね」と涙ぐんだ。

四人で座卓を囲み、美帆の淹《い》れたお茶を飲んだ。優司は「かたせ桜花園」の本多《ほんだ》園長からの電話で俊彦の死を知ったらしかった。

「雅光兄さんが園長先生になってるんだ」

美帆が言うと、

「知らなかったの。もうずいぶん前のことよ」

早苗が言った。

早苗は優司の隣にぴったりと寄り添うように座っていた。彼女はにわかに生気を甦《よみがえ》らせていた。去年還暦を迎えたが、喪服の着物姿は歳《とし》を思わせぬほどに艶《つや》っぽい。反対側に座っている正也も優司の顔を窺《うかが》いながら、めずらしいほど和《なご》やかな表情をしていた。

桜花園時代の思い出話を三十分ほどして、優司は帰っていった。

翌日の葬儀にも彼は顔を見せていたが、たくさんの参列者の最後尾から出棺《しゅっかん》を見送っていた。美帆と言葉を交《か》わすこともなかった。

黒川丈二は葬儀に駆けつけてくれた。丈二を母や正也に紹介した。彼は火葬場まで同行し、父の骨を拾ってくれた。葬儀場に取って返しての初七日の法要にも参列し、夕方の飛行機で東京に帰った。

翌日、今日の昼間、優司から電話が来た。

「先生の弔《とむら》い酒でもやらんね」

美帆はすぐに承諾した。正也も朝の便で引きあげてしまい、今夜、母と二人きりになるのが気詰まりだった。「夜、ちょっとでかけてきてもいい?」と言うと、母の方もほっとした顔を見せた。

通夜の晩、正也と二人になったときにスプーンのことを訊いた。大怪我《おおけが》をした直後からスプーンが母を避けるようになったことに不審を抱《いだ》いていた正也は、数年後、母親を問い詰めた。「簡単に白状したよ。ただ、姉ちゃんにだけは言わないでくれって頼まれたんだ。あの子に知られるのは怖いって。僕もそうした方がいいと思った」。正也はそう言ってから「ずっと黙っていて、ごめん」と謝った。美帆は自分が最初から知っていたことは伏《ふ》せたまま、「いいのよ。私、知ったら何をしたか分からないし」と言った。

だが、早苗は美帆が目撃していたのは百も承知だった。スプーンを放り投げたあと、庭にいた美帆が絶叫しながら庭池のそばにうずくまるスプーンに駆け寄るのを彼女は無言で見下ろしていた。美帆が猫を抱きしめ、怒りの視線を遠くベランダに向けると、

「さっさと那須田《なすだ》さんのところへ連れて行きなさい」

早苗はそれだけ言って平然と部屋の中へ戻っていった。那須田さんとはかかりつけの獣医の名前だった。

正也は言っていた。スプーンは俊彦が知人から譲り受けた猫だったが、きっとその知り合いというのが愛人の一人だったのだろうと。

「それに気づいて、かあさんはあんなことしたんだ」

しかし、美帆はそんな話ではない気がした。母は、あのとき、何かひどく苛々《いらいら》して、ただ衝動的に猫を二階から放り捨てたのだ。それまでも濡れた洗濯物にちょっかいを出すス

プーンをよく叱《しか》りつけていた。

美帆には分かっていた。女出入りの止《や》まない父を母は心から軽蔑《けいべつ》していた。だが、そういう夫にしがみつくことでしか生きていけない自分を彼女はその何倍も恥じていた。母の終わることなき嫉妬《しっと》と焦燥《しょうそう》は、母自身の耐え難いほどの自己嫌悪《けんお》から生まれていたのに違いない。

優司はゆっくりとグラスを傾けていた。浅草のときのようにアルコールを胃袋に流し込むといった感じではなかった。ほとんど口もきかず、静かに飲んでいた。

美帆はかすみと話した。

「仲間君って、高校を中退したあとマグロ船に乗ってたのね」

と言うと、

「優ちゃんのマグロ船の話は面白いですよ。もちろんすごい大変なこともたくさんあったみたいですけど」

とかすみは言った。

「マグロ船のお昼ご飯はマグロの刺身って決まってるんですって。船員さんたちはマグロにマヨネーズつけて食べるんだそうです。それが一番美味《おい》しい食べ方なんですって」

「そうなんだ」

「あとね、魚はやっぱり冷凍より生の方がおいしいじゃないですか。だけど、マグロだけは一度冷凍したほうが身が締まっておいしいって。その話聞いてからは、私、マグロ買うときは必ず冷凍マグロにしています」

「それも初耳」

二杯目を空《から》にしたくらいから美帆はくつろげるようになってきた。かすみがきれいな標準語を喋《しゃべ》るのが好ましかった。自分の方が歳上というのも気安い。

「かすみさん、東京の人？」

美帆は訊いた。

「はい」

と頷く。

「じゃあ、いつこっちに？」

「結婚して、それで博多に来たんです」

美帆はやや面食らう。

「いろいろあって別れたんですけど」

かすみは言い添えた。

「東京には戻らなかったんだ」

「いまさら帰れるような身の上でもなかったから」

かすみは古風な物言いをした。やくざの情婦になったのだから、帰る実家も失ったということだろうか。

「優ちゃんに助けてもらったんです。優ちゃんがいなかったら、私、破滅してたと思います」

かすみは優司の方へ流し目を送りながら言う。

「大袈裟《おおげさ》なことば言うな」

優司がぼそりと言った。

「ほんとなんですよ。だから私、優ちゃんのためなら何でもするし、してあげたいんだけど、この人、何も言わない人だから」

「助けてもらったって？」

美帆が訊く。

「ここじゃ、ちょっと。これでもお仕事中ですから、私」

かすみは笑《え》みを浮かべてかわした。彼女の瞳《ひとみ》の中に刺すような光が一瞬灯ったのを美帆は見逃さなかった。

飲み始めて一時間ほど過ぎると、ようやく優司がぽつぽつ口を利《き》くようになった。酒が回って気分の下地が明るんだのだろう。

「俺が桜花園ば出て行くとき、小柳先生がわざわざ訪ねて来てくれたと」と優司は言った。

「そうだったの」

美帆はびっくりした。当時、父はすでに大学に戻っていた。

「叔父さんの家に行っても、困ったときはいつでも訪ねて来てくれって言うてくれた。俺はそんとき生まれて初めて名刺いうもんを貰《もら》った。裏には老松の自宅の住所と電話番号も書いてくれとった」

優司はグラスに残っていたウィスキーを飲み干し、かすみにお代わりを頼んだ。

「マグロ船に乗せられると分かったとき、よっぽど先生んとこに相談に行こうかと思うた」

「どうして来なかったの。二百万の借金くらい父は喜んで肩代わりしたと思うよ」

そうすれば高校を中退することもなく、やくざになることもなかったのにと美帆は心の中で付け加えた。

「身内の恥やったからな。俺が自分で借金作ったんなら頭の下げようもあるけどな。叔父貴の恥で俺が頭下げるのは筋違いやろ」

それに、と優司は言った。

「先生は言ったんよ。きみのためならお金でも何でも出すよって。そう言われたら、そのまんま金の話を持ち込むわけにもいかんしな。いま思えば、とにかく相談に行っときゃよかったかな、とは思う。ガキやったんやな」

興味深そうに聞いていたかすみが口を挟んだ。

「お金でも何でもって、他に何を出すつもりだったんだろ」

優司は反応しなかった。美帆は、優司のこの話を聞いて、父のことを幾分見直した気がした。いずれ正也にも伝えなくては、と思っていた。

十一時を回った頃、リリコが店にやって来た。

優司や美帆を見てリリコは嬉《うれ》しそうな顔になった。「なんで、なんで」と言いながらかすみの横に座った。

かすみが美帆の父の死を告げると、リリコは「おねえさん」といって涙ぐんでしまった。今日で二度目の対面だったが、美帆も久しぶりに会ったリリコが、ずっと昔からの親友のように思える。

四人であらためて飲み直すことにした。リリコが生ビールのグラスで乾杯しようとして、慌《あわ》てて手を引っ込めた。

「リリちゃん、今日はお店は？」

しばらくして、かすみが言った。

ビールグラスに口をつけながら、「休み、休み」とリリコは言い、

「研ちゃんが昨日から落ち込んでるから、独《ひと》りきりにできなくってさ」

とつけ足した。

「だったら何で出て来られたのよ」

「なんかもう大丈夫そうだから」

この言葉にかすみは眉間《みけん》に皺《しわ》を寄せた。

「あんた、まだ研ちゃんにクスリやらせてんの」

ビールを一気飲みしていたリリコに厳しい口調で言った。

「やらせてなんかいないよ」

リリコは心外そうに言い返した。

「嘘《うそ》でしょ。クスリあげたんでしょ。だから出てきたのね」

かすみの突然の剣幕にリリコは下を向いた。優司は何も言わない。

「あんたも勝手な夢を追いかける前に、ちゃんと足元見つめ直しなさいよ。研ちゃん、ちゃんとクスリやめてないんでしょ。そのままにしてたらいずれ大事になるわよ」

リリコはむすっと黙り込んでしまった。空のビールグラスをじっと見ていた。

「ねえ、リリちゃん、分かってるの」

「それくらい分かってるよ」

「だったら、研ちゃんにどんなにねだられてもクスリあげちゃ駄目だよ」

美帆は二人のやりとりを聞きながら、クスリというのは覚醒剤《かくせいざい》か麻薬のことなのだろうかと思った。そんな話を平気でしている二人が違う世界の住人に見えた。

「リリコ」

ようやく優司が口を開く。

「ケンとは早く手を切れ。あいつは長生きできる男じゃなかぞ」

「ママだって同じだったんじゃない。研ちゃんのこと責める資格なんてないよ」

リリコは優司の方へ顔を上げて訴えるように言った。

「かすみはクスリとはすっぱり手を切っとろうが」

優司がドスのきいた物言いになった。

「ママは他人が幸せになるのが好かんだけなんよ」

不貞腐《ふてくさ》れた口調でリリコが言い返した。

「いい加減にせんか、こら！」

突然、優司の怒声が店内に響き渡った。

一瞬で美帆は身が竦《すく》んでしまった。奥の客たちが驚いた顔でこちらを見ている。正面のかすみも、その隣のリリコも怯《おび》えきった姿で凍りついていた。

「かすみはお前とケンのことば思って言いよるだけやろうが。自分がクスリで苦労したけん尚更《なおさら》、悲惨な目にお前たちをあわせたくなかったい。ここんとこケンが店ばバイトに任して、妙なことに手ば出しよるんを俺が知らんとでも思うとっとか。今度、俺に隠れて何か悪さばしたらケンはもうおしまいぞ。リリコもそれくらいよう知っとけ」

リリコは半泣きの形相で頷いた。かすみが彼女の肩を抱こうと手を伸ばすと、そのまま自分の身を任せた。

## 事件発覚

とても気味の悪い夢を見て、目覚めた。

部屋のベランダに干しておいたシーツを取り込んでいた。薄いブルーのシーツは夏の風にあおられ、顔に覆《おお》いかぶさってくる。それを両手でたくしこんで物干し竿《ざお》から引き摺《ず》り下ろした。太陽にぬくもったシーツが半袖《はんそで》の腕に熱いほどだった。丸めたシーツをとりあえず寝室のベッドの上に置いた。生地が冷めたら畳むつもりだった。

寝室を出ようとすると、背後で甲高《かんだか》い振動音のようなものが聴こえた。振り返る。止んでいた音が再び立った。丸まったシーツの中からだった。

ブーンという耳障りな音とガサゴソと蠢《うごめ》くような音が交互に聴こえた。

背筋に冷たいものが走った。まったく気づかなかった。シーツに何かがとまっていたなんて。虫だろう。それも大きな。

美帆はおそるおそるシーツに近づいた。一歩ごとに不気味な音が立った。真上から見下ろしても分からない。中に隠れている。両端からそっと中身をこぼさないように丸めて抱《かか》える。そのままベランダの手すりまで走っていって、強い風にまかせるようにシーツを一気に拡げた。

何もいなかった。蜂《はち》もコガネムシも、ナナフシも。

知らぬうちに飛び去ったのかもしれない。だが、あれだけの音を立てていた虫だ。気づかないことがあるだろうか。

怪訝《けげん》な気分のままベランダから部屋に戻った。

窓を閉めた途端だった。ものすごい羽音がした。真っ黒い巨大なものが目の前を掠《かす》めるように飛び去った。羽音が止む。

思わず瞑《つむ》ってしまった目を開けた。ゆっくりと部屋の中を見回す。ふと気配を感じて天井に視線をのばした。

美帆は鋭い叫びを上げた。

そこで目が覚めたのだった。天井にぶら下がっていた巨大な物体のディテールはもう忘れていた。赤と黒の奇怪な固まりであったことだけは憶《おぼ》えていた。

午前十一時を回っていた。今朝の五時過ぎまで原稿を書いていた。シャワーも浴びずに眠ってしまった。ベッドから降りるとまっすぐに浴室へ向かった。

髪を乾かしながらコーヒーを淹れた。マグカップになみなみ注いでリビングのテーブルに置く。椅子に座って一口すったあとテレビのスイッチを入れた。

昼のニュースをやっている時間だ。

画面に現れた映像に目を奪われた。音量を上げてナレーションを聞きやすくする。

「現場は、隅田公園そばの川沿いで、この一帯にはホームレスの人たちのダンボールハウスが立ち並び、昨夜も三十人近くのホームレスがハウスの中で眠りについていたといいます。殺害された二人の少年を含む六人は、深夜午前二時頃、バットやバール、灯油の入ったポリタンクなどを持って隅田公園に集合。その足で現場に向かい、灯油をばら撒《ま》いてダンボールハウスに火をつけて回ったと見られています」

　マイクを持った男性レポーターがカメラを連れて走っていた。彼が走っているのは、およそ四ヵ月前に優司と二人で歩いた隅田川沿いの遊歩道に間違いなかった。カメラが止まった。

「この警察ロープの向こうに焼け落ちたダンボールハウスの残骸《ざんがい》が積み重なっているのが見えるでしょうか」

「ああ、見えます見えます。真っ黒なゴミの山みたいなあれですよね」

「そうです、そうです。現在、警察と消防の現場検証が続いている模様ですが、ここから見ましても二十以上はあったと思われるハウスのほとんどが焼失してしまっています。こうやって近くにいますとビニールが焼け焦《こ》げたようなつんとくる臭《にお》いがまだ漂っているのが分かります」

　レポーターとスタジオのキャスターとがやりとりしているあいだも、カメラは規制線の奥をきれいに映し出していた。制服姿の人間がうようよしている。景色に明らかに見覚えがあった。優司が元やくざの男を背負って連れ帰ったダンボールハウスはたしかにあのあたりだ。

「昨夜二時半頃、火事に気づいたダンボールハウスの住人たちが外に飛び出し、ていた少年たちと乱闘になったのです。現場にいたホームレスの一人の話では、慌てて外に出ると、バットやバールを振りかざした少年たちが襲い掛かってきた。逮捕された海《かい》江《え》田《だ》茂樹《しげき》容疑者もこのハウスの住人の一人で、彼は以前、やはり少年[illegible]チにあったこともあって所持していた木刀で応戦。二人の少年の頭部を木刀で殴り、結果的に殺害してしまったのです」

「じゃあ、海江田容疑者をリンチにかけた少年たちと、今回の少年たちとは同一人物と見ていいんですか」

「はい。昼前の警察の発表では、どうやら少年たちの一部は同一だったと見られています。六人の少年たちは、二人が殺され、残りの四人も重傷を負っているので、調べは進んでいないようですが、その中の一人の少年の供述によれば、今年の五月下旬に彼らのうちの四人が海江田容疑者を襲い、そのとき、たまたまそばを通りかかった男に逆に半殺しの目にあったことを恨んで、今回、いわば仕返しのために、他の二人にも声を掛けて現場に乗り込んだようです」

「しかし、五月というのはずいぶん前の話ですね」

「はい。ただ、この五月のときに四人とも右腕を折られてしまっていて、その右腕がようやく回復したということで今回の犯行に及んだと見られています。詳細は、今後の捜査を待たなくてはならないんですが」

　スタジオではゲスト解説者の一人が「その五月にそばを通りかかった男というのは、一体何者なんでしょうね」と疑問を投げかけていた。「いきなりリンチの場面に遭遇して、少年とはいえ四人もの相手の右手を全部へし折るなんて、通常だと考えられないですね。格闘家か何かなら別ですが」。もう一人のゲストも、通りがかりの謎の男の存在に興味をそそられているようだった。

「引き続き、今後の捜査の行方《ゆくえ》を見守っていくことにしましょう」

　キャスターが締めくくって画面はコマーシャルに切り替わった。

　それから美帆はチャンネルを次々に切りかえて、各局のワイドショーをチェックしていった。

　事件のあらましは、最初の番組でおおかた足りていた。

　昨夜、隅田公園そばのダンボールハウスの団地を襲ったのは六人。四人が十九歳の大学の同級生で、現役の高校二年生と中退組が二人ずつ。あとの二人は、[illegible]生、一人は無職の十八歳の男だった。十九歳の大学生が主犯格だったようだが、彼は[illegible]田容疑者に殺されてしまった。もう一人の犠牲者は[illegible]

見て乱闘に加わった二十数人のホームレスたちによって大怪我を負わされていた。逮捕者は海江田を含めて八人にのぼり、少年たちへの暴行がどのような形で行なわれたかはいまだ不明だった。ただ、逮捕されなかったホームレスの証言などから、少なくとも大学生殺害の実行犯が海江田容疑者であることは確かなようだった。「バールを振り回して暴れたのがリーダー格みたいだったけど、そいつは木刀持った男に頭を割られて、あっという間に死んじまったよ」とカメラの前で語るホームレスもいた。殺されなかった方も、高校二年生の一人は意識不明の重体。他の三人も重傷と報じられていた。警察の尋問に答えているのは十八歳の無職の男で、この男だけがどうやら口がきける状態であるらしかった。五月のリンチ事件で海江田容疑者を助けた通りすがりの男については、どの局でも伝えていたが、内容は最初の番組と大差なかった。

ホームレス狩りの少年たちが返り討《う》ちにあい、逆に二人が殺害されたというこのショッキングなニュースは、新聞、テレビで大々的に報道されていた。

美帆はテレビとパソコンの前に釘付《くぎづ》けの状態だった。風呂上がりに淹れたコーヒーを口にしたほかは飲まず食わずで、一心不乱にワイドショーやニュース、インターネットを見つづけていた。SNSでは、「ホームレスを排除しろ」と主張する論調が苛烈《かれつ》さを増し、目を覆いたくなるような罵詈雑言《ばりぞうごん》が途切れることなく更新されている。

ふと気づいてみると夕方になっていた。

テレビを消し、パソコンの電源を落として、美帆は息をついた。部屋の中は薄暗くなっていた。半開きにしてあったリビングのカーテンを思い切り引いて、天井の明かりを点《つ》けた。外はまだ夕暮れ時には間があるようだった。掛け時計の針は五時を回っていた。

すこし頭痛がした。テレビやディスプレーを見過ぎたせいだろう。右の後頭部から目の奥にかけて鈍い痛みがあった。薬を飲む前に何か食べなくてはと思うが、食欲はまったくなかった。ロキソニンを一錠飲んで、ソファに横になった。

ひどく静かだった。

三年前に買ったこのマンションは、表参道の裏手に位置する。表参道ヒルズと神宮前《じんぐうまえ》小学校のあいだの道を入って数分歩くとたどり着く。原宿《はらじゅく》駅へも十分とかからなかった。人波であふれる表参道からは想像もつかないが、一帯は閑静な住宅地だ。下見を一度したきりで即座に購入を決めたのも、その喧騒《けんそう》と静寂とのコントラストに惹《ひ》かれたからだった。三年住んでみて、ますますここでの暮らしが気に入っている。

もちろん築三十年のオートロックもない中古物件だった。２ＬＤＫ、五十六平米と決して広くはなかった。価格は七千万円。知り合いの不動産関係者に探してもらったので、それでも格安の物件だった。月々のローンは相当だが、美帆の収入であれば賄《まかな》えない額ではなかった。

今日は、その静けさが不安な心地をあおっていた。

少年二人を撲殺した海江田茂樹は、五月三十一日の晩に優司が助けたホームレスの男に違いなかった。彼が殺人に使った凶器が、優司が仲見世通りの土産物屋《みやげもの》で買って届けた木刀であることも確実だった。あの木刀を買ったとき、男に渡すのかと美帆は訊ねた。優司は、連中が仕返しに来たらこれで一人叩《たた》き殺せばいいんだ、と薄笑いを浮かべていた。そして、海江田は優司の言った通り、再びやって来た少年を叩き殺した。しかも二人も。

凶器を渡しただけではない。少年たちが復讐心《ふくしゅうしん》を滾《たぎ》らせたのは、優司が彼らの右腕をへし折ったからだった。同じ痛めつけるにしても、優司のやり方は度を越していた。

地面に転がってうめく少年たちに、優司が執拗《しつよう》に暴力を振るうのを自分は黙認した。制止しようなどとは露《つゆ》ほども思わず、むしろ彼らの腕が順々にへし折られる様を間近で見て、奇妙な快感に身を震わせていたのだった。

そして、あの過剰な暴力の直接的結果として、昨夜、二人の少年が死んだ。

どうして木刀を渡すのを止めなかったのだろう。どうして優司があれ以上暴力に走るのを止めなかったのだろう。腕を折られて泣き叫んでいる少年たちを、自分はどうしてそのまま放置してしまったのだろう。

美帆は考えているうちに息苦しくなってきた。

テレビやネットを見ている間も、これが重大な事態だということは感じていた。ただ、そこから先は考えなかった。事実確認の作業に没頭することで気を逸《そ》らしていた。二人の人間が殺されたのだ。その殺人に自分たちは手を貸してしまったのだ。

美帆は顔を両手で覆って、何度か深呼吸した。

警察に知られてしまう。

胸の中で呟《つぶや》いた。最も考えたくないのはそのことだった。

警察の捜査がどういうものか分からないが、凶器の出所というのは真っ先に特定すべき事項に違いない。海江田は木刀の入手経路を厳しく追及されるだろう。もちろん五月のリンチ事件の詳細についてもだ。闇夜《やみよ》とはいえ街灯の明かりはあった。そのあとおぶってハウスまで送り、あげくもう一度引き返して木刀を渡した。海江田は優司の顔も、一緒にいた美帆の顔もはっきり憶えているはずだ。

名前も素性も言わなかった。だが、海江田の記憶からモンタージュでも作られたらどうする。浅草界隈《かいわい》の店を片っ端から警察が聞きこみに回れば、優司と美帆が米久で食事をしたことが露見する。当日の予約台帳から美帆の連絡先が割れるのは時間の問題だ。

警察が来たらどうすればいい。知らぬ存ぜぬでその場を切り抜けたとしても、美帆の周辺を調べればいずれ優司の存在が浮かび上がる。優司は前科者だ。指紋も写真も警察は握っている。

喋れるようになった少年たちに優司の写真を見せるだろう。彼らは口を揃えて「この男が俺たちを半殺しの目にあわせた。こいつに仕返ししたくてホームレスを襲ったんだ」と供述する。

しかもあのとき、少年の一人は動画を撮影してはいなかったか。あれに映っていたら一巻の終わりだ。ネットを漁《あさ》りたい衝動に駆られたが、もはや無気力にもなっていた。

メディアは五月のリンチ事件の折、偶然通りかかった謎の男に俄然《がぜん》興味を持っている。その男が特定されるのだ。しかも、当の男は福岡のやくざ。書き得とばかりに週刊誌もテレビも群《むら》がってくるだろう。ＳＮＳでもすぐに身元が特定され、デマと誹謗中傷《ひぼうちゅうしょう》が拡散される。そして、そのやくざ者と一緒にいた女。腕を折られて転げまわっていた少年たちを置き去りにし、二人を殺すことになる木刀をやくざ者と共に容疑者に渡した女……。

美帆は思わずソファから飛び起きた。頭の痛みは一向におさまらない。息苦しさはさきほどよりひどくなっていた。何気なく額に手を当てる。ひどく熱い。風呂上がりの薄着のままずっとテレビを見ていた。風邪《かぜ》を引いたのかもしれない。

どうしよう。そんなことになれば破滅だ。

立ち上がってキッチンに行く。冷蔵庫から缶ビールを取り出した。プルトップを開けて、一気に喉《のど》に流し込む。冷たいビールの感触が食道から胃へと降りていく。飲み干した缶を調理台に置いてリビングに戻った。窓をいっぱいに開けた。涼しい風が入ってきた。風を顔に受けて外を見た。街並みの向こうに赤く染まった太陽があった。

それはそれでいい。こんな人生、どうなろうと別に構やしない。

美帆は思った。

自分なんてどうだっていい――美帆は肝心なときは必ずそう思う。意志の力によってではなく、ごく自然に思える。胸の芯《しん》に巣食う投げやりな心が、いつか人生を台無しにしてしまいそうでたまに恐ろしくなる。一方で、それが自分のほんとうの強さのような気がするときもあった。

夕食を終えて、明け方にまとめた原稿の手直しをしていた。

九時のＮＨＫ、十時のテレビ朝日のニュース番組を見てから仕事部屋にしている玄関脇《わき》の八畳間に入った。両局とも事件はトップ扱いだったが新しい情報はほとんどなかった。意識不明の重体だった少年が一命を取り留めそうだということくらいだった。

玄関のチャイムが鳴った。美帆は時間を確かめる。十一時十五分。

一体、こんな時間に誰？　丈二のはずはなかった。彼は首相の出席が予定されている国連総会を取材するため、昨日からニューヨークに出張していた。

まさかもう警察が？　玄関に出て美帆は緊張した。

ドアスコープを覗《のぞ》くと仲間優司が立っていた。

慌ててドアを開ける。

「どうしたの？」

美帆は素《す》っ頓狂《とんきよう》な声を上げた。

「忙しいとこすまんな」

優司は申し訳なさそうな顔になった。

「ちょっとそのへんでビールでも飲まんか」

と言う。まるで近所に住んでいる友人がぶらっと訪ねてきたような物言いだった。

急いで着替えて、一緒にマンションを出た。スーツ姿の優司はさっさと歩き始める。

夕方の飛行機で来た。名刺の住所を頼りに表参道の駅で降りたまではよかったが、それから美帆のマンションを探し出すのに三十分以上かかった。

「東京の道はいっちょん分からんばい」

歩きながら優司はぼやいた。

表参道に出てから246方向に五分ほど歩いた。一軒の店の前で立ち止まると、さっさとドアを開けて入っていく。扉には「ONE PENNY」と記されていた。ギネスの看板も出ていた。アイリッシュパブのようだった。

店内はそこそこの混み具合だった。出てきたボーイを無視して優司は一番奥のテーブル席へと向かう。サングラスはしていなかったが、ボーイは何も言わずについてきた。

「ここ、いいかな」

優司が言うと、ボーイは直立して「はい」と返事した。

美帆が革のシートに座り、優司が手前の木製の椅子に腰掛けた。

「小柳んちまで行く途中で、この店ば見つけたんよ」

メニューを開きながら、優司が笑みを浮かべた。優司はギネスの一パイント、美帆はキルケニーのハーフパイントをオーダーした。つまみはフィッシュ・アンド・チップスだけ。

「お腹《なか》空いてないの?」

美帆が訊くと、

「俺はビールだけでよか」

と優司は言った。

グラスが届き、乾杯する。クリーミーな泡が舌に心地よい。冷やし方も程よかった。

「ニュース見たやろ」

三分の一ほど飲んだグラスを置いて、優司が言った。美帆は黙って頷いた。

「忘れろ」

あっさり言った。

「小柳にはショックかもしれんけど、大したことやない」

美帆は優司の顔を注視する。切れ長の目が大きくて優しげだ。やっぱりこの人はやくざには向かないと思った。

「それを言いにわざわざ来たの」

美帆は声を落として言った。

「おう。小柳がビビってサツにでも駆け込んだらわややろ。俺たちは何も悪いことしとらんが、罪をでっちあげるのはサツの専売特許やからな」

「私を黙らせに来たのね」

「まあな」

優司は笑った。

美帆はその笑顔を見て無性にむかっ腹が立ってきた。

「ごめんなさいくらい言いなさいよ」

「何で」

「私をこんなことに巻き込んで」

「俺は何も悪いことはしとらん」

優司は顔色も変えずに言う。

「あんなにひどい目にあわせなくってもよかったじゃない」

自分が制止しなかったことはさて措《お》いて言う。

「あんときはああするしかなかったろうも。そうせんとあの晩に連中はハウスに火ばつけにいっとる」

「そうかしら」

「そりゃそうやろ」

「どうしてそんなこと分かるの」

そこで優司は怪訝な顔になった。

「あいつらポリタンクば持ってきとったろうが。あの油ばぶん撒いて火をつける気やったに決まっとる」

「ポリタンク？」

意外な言葉に美帆は訊き返した。

「二つ地面に置いてあったろうが。すぐそばに。小柳、見とらんかったとか」

さすがに優司が呆れた声を出した。

「おやっさんにも、いずれあいつらが火つけに来るぞて言うといた」

美帆は予想外の話に多少面食らってしまっていた。

「だから、仲間君、あいつらの腕を折ったの」

「そりゃそうやろ。そうやなければ素人《しろうと》相手にあそこまでするかい」

優司はビールを飲み干し、もう一杯ギネスをオーダーした。

ギネスとフィッシュ・アンド・チップスが届いた。

「だったら警察に届けるべきだったと思う。ポリタンクがあったのなら警察だって放っておかないはずよ」

美帆はしばらく考えてから言った。

「サツが何ばしてくれっとか。まして未成年やろ。保護はできても逮捕はできんとばい。公園のトイレで見つけたホームレスば血祭りに上げて、そいで景気つけてからダンボールハウスば焼き払いに行くつもりやったんぞ。そげんやつらば許せっかい。おやっさんのちんちん見たかい。バットで小突かれて竿も玉も青黒く腫《は》れあがっとったばい」

優司はきつい目で美帆を見た。そんな目を見るのは初めてのような気がした。

「そげなやつら、腕の骨ば折ったくらいで何が悪いとか。そげなやつらば、お前、本気で許せるとか」

「だけど、二人も亡くなったのよ。だったら二人は死んで当たり前だったっていうの。仲間君があんなことしなきゃ、ホームレスの人に木刀渡したりしなきゃ、こんなことになってなかったかもしれないじゃない。そのせいで、私だっていつ警察に呼び出されるか分からないし、仲間君だってそれが心配で来たんでしょう」

「俺はサツが怖くて来たんやない」

優司がぼそりと言った。

「だってそう言ったじゃない。私に警察へ行かれたら困るからって」

優司は黙った。もどかしげな表情で美帆を見る。

「小柳」

優司は言った。

「小柳、人間の生き死にには一つ事て。殺されることもあれば殺すこともあると。やけん大事なんは、そこに生きるべき義、死すべき義があるかどうかたい。今度のことは、おやっさんたちの方に明らかに義があるやろ。やったらそれに手ば貸した俺たちも何一つ恥じることはなか。おやっさんが俺たちのことばチクることは千パーセントなかし、たとえ警察の手が伸びてきたとしても、一体俺たちに何の罪があるとね。あの状況で木刀一本おやっさんに渡しておくのは人の情やろうも。それに、俺が腕ばへし折った連中やって被害届なんか出しとらんよ。幾《いく》らサツでもどうやったら俺たちば引っ張れるとね。小柳。あのガキたちがやったことは戦争よ。戦争やったら死ぬのは覚悟やろ。誰のことも責められん。小柳も自分のことば責める必要はなかと。そいができんなら、全部俺のせいにすればよか」

そこまで喋って優司はビールを飲んだ。

「俺はガキん頃から、不良も年少上がりも嫌というほど見てきた。たとえ極道でも、筋の通ったやつは、あげな弱い者いじめは絶対にせん。ああいうガキどもは生まれついての外道よ。小さかときから犬や猫ばいたぶって殺すような変態野郎たい。世間の片隅《かたすみ》で細々と生きとる人たちのことば虫けら扱いして、面白半分に焼き殺そうとする奴《やつ》らが死ぬのは当たり前やろ。どうせあげな腐れたことする連中は、このさき生きてもろくなことはせん。そいだけは俺は断言できるばい」

店を出たのは二時過ぎだった。優司はギネスばかりを十杯近く飲んだ。美帆もつられてかなり飲んだ。

「送っていっちゃる」

優司は先に歩き始めた。美帆が追いついて並んだ。さすがに人通りはまばらになっていた。夜風が火照った顔に気持ちよかった。二人とも無言だった。マンションの前まで来て、

「仲間君、これからどうするの」

美帆は訊いた。

「そのへんのネットカフェで時間潰《つぶ》して、一番の飛行機に乗る」

優司の口からネットカフェという言葉が出たのがちょっと不思議だった。

「何ならうちに泊まっていく？　ソファで仮眠くらいできるよ」

「よかよか」

慌てたように優司は手を横に振ってみせた。

「じゃあな」

そう言うと、彼は背中を向け、早足で美帆の前から立ち去った。

# 限界

ふかひれの姿煮が終わって、鮑《あわび》とつぶ貝の季節野菜炒《いた》めが出された。ウェーターが取り分けて四人それぞれの前に皿を置く。

ずっと丈二が政局の今後の見通しについて喋っていた。

六月の解散総選挙で民自党は、野党支持率の伸び悩みと、首相の強引な政権運営が逆に一定の支持を獲得し、かろうじて単独過半数を維持したのだった。選挙後、首相は、すぐに内閣改造、党役員人事に着手し、党三役は堀米幹事長を除く二役が交代。裏金問題で離党後、当選した有力議員の即時復党も一切認めず、派閥分断状態をうまく利用した形で九月の総裁選も何とか乗り切ったのである。その後の組閣では、最大派閥の元幹部らは一掃され、財務省出身と無派閥、非世襲の人材で内閣と党の主要ポストが固められた。結果、大方の予想を裏切って、いまの政権はそこそこの権力基盤を確立していた。

「党内はいまだ空中分解しているとみる向きもあるけど、派閥解散は評価されてしかるべきだよ。そんな無茶は幾らなんでもしないだろうと高をくくっていた議員がほとんどだったけど、やってしまったもの。令和の時代に『民自党をぶっ壊す』並々ならぬ意思を感じたよね」

丈二の話に父親の庸一《よういち》も母親のみどりも熱心に耳を傾けていた。美帆は彼らの箸《はし》の進み具合を観察しつつ料理を口に運んでいた。

「今後の政局はいっそう慌ただしくなるよ。総理は更なる賃上げとデフレ脱却のための追加予算を求めているけど、財源の綱引きはシビアになるばかりだからね。下手をすると党が割れる可能性もあるし、だとすると政権の命運を賭《か》けて来年の七月にもう一度解散総選挙に打って出るかもしれない。そうなったら衆参ダブル選になる。堀米さんも、党が割れるようなことになれば、ダブルにした方がいいって考えに傾いているみたいだしね。分裂選挙で衆議院単独だと敗北は必至だからね」

丈二はまだ残っていたふかひれにようやく箸をつけた。

「お前はどうするんだ」

紹興酒《しょうこうしゅ》で頬《ほお》を染めている庸一が言った。七十間近の年齢だがとてもそうは見えない。黒々とした髪はてっきり染めているのだろうと思っていたが、違うらしかった。丈二と同様に立派な体軀《たいく》の持ち主だ。顔もよく似ていた。

「来年はチャンスだよ。お偉方たちはすっかり力を失っているし、新人がつけいる隙《すき》が出てきたからね。万が一、来年七月の選挙がダブル選になれば、場合によっては参議院じゃなくて衆議院に無所属で打って出るって選択肢もある。やってやれないことはないよ」

丈二も紹興酒を飲んでいた。みどりがウーロン茶なので美帆はお酒は控えていた。みどりは早苗と変わらぬ年回りだった。細身で目立たない風情《ふぜい》なので早苗のような華やかさはなかったが、顔立ちは整っていた。

「児玉《こだま》先生はどうなんだ」

児玉というのは丈二の地元、奈良一区選出の民自党衆議院議員のことだった。

「あの人は経産省出身だよ」

「不祥事もあったたな」

「そうそう。本部交付金の不記載とかね」

「となると、お前と児玉先生の公認争いもあり得るわけか」

庸一が難しい顔を作った。八月に初めて丈二と二人で奈良を訪れた折も、父子で同じような話をしていた。児玉議員を支援している桐山《きりやま》組は黒川建設と県内を二分する建設会社で、社長の桐山貞行《さだゆき》と庸一とは長年の盟友関係にあった。もしも丈二が一区に出馬となれば、その関係にひびが入るのは避けられない。

丈二はお盆のお参りのために片瀬をふたたび訪ねてくれた。そこで早苗や正也ともじっくり話をしていた。四十九日前のお盆とあって、あとは身内しか招かなかった。だから優司が姿を見せることはなかった。

東京に帰る途中、美帆は丈二の実家に出向き、庸一とみどりと対面した。

庸一とはそれ以来だったが、みどりとは九月にも会っていた。所用で上京して来て、五日間ほど高輪《たかなわ》の丈二のマンションに泊まったのだ。美帆も一日、料理を作りに行って夕食を共にした。一度は銀座《ぎんざ》での買い物にも付き合った。そんな中で、みどりが外見とは裏腹にひどく勝気な女性であることを知った。初対面のときから苦手だと感じたが、この九月の再会で尚更その思いを強くしたのだった。

北京《ペキン》ダックと湯葉の揚げ物が出てきた。北京ダックは丈二の好物なので美帆が自分の分を彼の皿に移すと、

「まあ、仲がいいのね」

とみどりが笑みを浮かべて言った。

赤ら顔の庸一は大きな身体を美帆の方に向けると、

「美帆さんは養子だそうだね」

と言った。九月にみどりと会った折、自らの出自についても詳しく話した。

相手の顔を見て、

「はい」

と美帆は答えた。

庸一の背後には都心の夜景が広がっている。四人がいるのはホテルニューオータニ十六階にある「大観苑《たいかんえん》」の個室だった。丈二が目指す国会や首相官邸も目と鼻の先にある。

「実のご両親のことは何も憶えていないんだそうだね」

「はい。二歳で施設に預けられて、それからすぐに養子になりましたから。いまの両親に引き取られたときの記憶は鮮明なんですが、その前のことは全然憶えていないんです」

両親、と言いながら父はもういないのだ、と美帆は思った。俊彦の死が初めて少し哀《かな》しく思われた。

「他に身寄りは誰も？」

みどりが言う。

「叔父が一人いたそうです」

「その叔父さんは？」

ふたたび庸一が訊く。

「憶えていないんです。父や母の話では、その叔父も私を預けたあと行方不明になってたしまったみたいで」

庸一は釈然としない顔つきをしていた。

「戸籍を調べれば本当のご両親のことは分かるでしょう」

「だと思います。だけど調べたいと思ったこともないし、父と母に訊ねたこともないんです」

これにはみどりも怪訝そうな表情になった。

「やっぱり本当のご両親のことを知りたいんじゃなくて」

「母はたぶん亡くなっていると思います」

美帆は言った。このことは丈二にも話したことはなかった。

「どうして？」

庸一が言う。

「何となくです」

「何となく？」

「はい」

答えながら、腿《もも》の痣《あざ》を取るための手術を受けた晩のことを久々に思い出していた。

「きっとお美しいお母さまでしたでしょうね」

みどりが言った。

「さあ」

美帆は首を傾《かし》げるしかなかった。

「いまのお母さんもすごくきれいな人だよ」

と丈二が言った。

美帆は、亡くなる前の晩の父の美しい寝顔を思い浮かべた。同時に父があのとき語った言葉を反芻《はんすう》した。父は、かつて誰よりも愛した人がすでに死んでいることを、その人と久しぶりに会って知らされたと言った。その人が来てくれて、ほかにもいろんなことを教えてくれたと言っていた。

「だけど、美帆さんのようにきれいな方がよくいままでお独りでいたわね」

初めて会ったときも、九月に会ったときもみどりは同じことを言った。「あなただったら世界中の男性が言い寄ってくるでしょうに」と言われたこともあった。

「だから、その話はしたじゃないか。僕が悪かったんだ。僕のせいで美帆は男性不信になってしまったんだ」

これも丈二が毎回説明していることだった。

そして、そのたびにみどりは嬉々《きき》とした表情になる。今日もそうだった。

要するに、この母親はそんな息子が自慢なのだ。これほどの美女を男性不信に陥《おとしい》れ、七年も袖《そで》にしたあげくに再度ものにした。そういう息子の手腕と魅力がどうしようもなく誇らしいのだ、と美帆は思った。

「あんまりきれいだとか美人だとかおっしゃらないでください」

美帆は言った。

「あら、どうして」

みどりが意外そうな声を出す。

「美帆さんは、そういうことに飽き飽きしてるんだろう」

父親が笑った。

「だけど、他人が褒《ほ》めるのとはわけが違うでしょう。私が言っているんだからお世辞なんかじゃないわ」

みどりはわずかに色をなした様子で言った。

「お母様に言われると、何だか顔がきれいなだけの空っぽの女だと言われているような気がします」

この美帆の一言にみどりはさっと顔色を変えた。隣の丈二も唖然《あぜん》とした顔で美帆を見た。

円卓に四人で座っていた。左が丈二、右が庸一、正面がみどりだった。

美帆はかねがね思っていたことを口にしたに過ぎなかった。

「何言ってるの。美帆さんはお料理だってとても上手だし、お仕事もすごく頑張っているんでしょう」

「すみません、失礼なこと言ってしまって」

美帆は謝った。

「もういいじゃないか」

庸一がとりなすように言う。椅子に座りなおして、彼は改まった口調でつづけた。

「丈二が出馬ということになれば仕事をやめなくてはならないが、それは構わないのかな。さっきの話だと、来年七月はいよいよ丈二も天下分け目の大戦《おおいくさ》だ。そうなると二人の結婚も少し急がなくてはならないが」

美帆が喪中でもあり、結納は年明け、挙式は来年の六月くらいにという話になっていた。

「それはこの前、お話ししたとおりです」

と美帆は言った。八月に奈良を訪ねたとき、丈二が当選した場合は仕事をやめて家庭に入ると約束した。選挙期間中はもちろん選挙活動に専念するつもりだともつけ加えておいた。

「選挙のときはよろしく頼みますよ。あなたほどの美人ならば身内や後援会は大喜びだが、一般の有権者はとにかく嫉妬深いものです。一段下げる頭を二段、二段下げる頭を三段下げる心がけでやってください」

庸一が家長としての威厳を示すかのように、鷹揚《おうよう》な口振りで言う。

「大丈夫。私、もうおばさんですから」

美帆は言った。

どういうわけか、気持ちがぐらぐらしていた。この場の雰囲気に耐えられなくなってきている自分を唐突に感じた。

「あら、そんなふうに言わないで。結婚する丈二が可哀《かわい》そうじゃない」

すかさず、みどりが棘《とげ》のある言葉を繰り出す。

「ですが、選挙のためにはおばさんくらいでちょうどいいんじゃないですか。お父様がおっしゃっておられるのも、そういうことだと思いますけど」

「主人が言っているのは、自分が美人だからって鼻にかけてはいけないということよ。何もプライドまで捨てろと言っているわけじゃないでしょう。代議士の妻になるべき人は常に毅然《きぜん》としていなくては駄目よ」

「私は、そんなことを鼻にかけたことありませんよ」

「だから、そういう思い込みが他人の誤解を招くのよ。もっと謙虚にならないと。主人が言っているのはそういうこと」

みどりは押さえ込むように言い切った。

美帆は俯《うつむ》いた。丈二も庸一も固唾《かたず》を飲むような雰囲気で黙り込んでいた。

ずいぶん長いこと沈黙がつづいたような気がした。

美帆は一度小さく息をついた。そしてお腹に力を込めた。奥歯を一回ぎゅっと噛《か》み締めた。

ゆっくり顔を上げて目の前の丈二の母親を見た。

今日、このときのために丈二と縒《よ》りを戻したのだ、という気がした。

「もう、あなたたちにはうんざりです」

美帆ははっきりと言った。

ぽかんとした顔の三人を順繰りに眺めてから、言葉を継いだ。

「初めて会ったときから、『きれいだ、きれいだ』ばっかりで、いい加減イヤになりました。あなたたちは自分の息子の婚約者に対して、何か語るべき他の言葉を持ち合わせていないんですか。会えば二言目には、きれいだ、美人だ、これならどこに出しても恥ずかしくない。一体いままであなたたちは何を学んで生きてきたのですか。私がきれいだという だけで、どうして息子の嫁として恥ずかしくないのか、私にはまったく理解できない。美人だから何だっていうんですか。私は努力してこの顔に生まれたわけじゃないし、別にきれいに生まれたいと望んだ覚えもありません。ただ、人より多少整った顔に生まれてしまった。それだけのことです。そこには私の意志も努力もこれっぽっちも反映されていない。私に言わせれば、私がきれいだなんてことはどうでもいい。そんなこと知ったことじゃないんです。自分自身がひとかけらも関心を持っていないことであれこれ言われるのは、たとえそれが褒め言葉だったとしても、うんざりなんです。不愉快なんですよ。大体、一人前の大人に向かって外見だけの賛美を繰り返すなんて、およそまともに頭を使っている人間のすることではないし、とても下品です。

私は、これまでこの容姿で得をしたことも何度となくありますが、それ以上に損もしてきたんです。だから、私は顔だけでちやほやされ、容姿が衰えた途端に使い捨てにされるような仕事には見向きもしませんでした。なろうと思えばモデルにもアナウンサーにも女優にだってなれました。街を歩けば、必ず毎日何人かのスカウトに声を掛けられたし、写真家や映画監督、ディレクターに誘われた回数なんて数え切れません。若い頃から誰でも彼でも、男だけじゃなくてあなたみたいな女までが、女といえば顔だ、若さだ、とまるで物扱いしてくる。そうやって物扱いすることで、自分が優位に立った気になって、実のところ嫉妬してるだけなんです。それともあなたたちは、顔の整った人間は美しくない人よりも人間的に優れているとでも本気で考えているんですか。そういう下品な考え方にももう飽き飽きです。ただ面倒くさい。それだけなんです」

美帆は言い終えると、膝《ひざ》の上のテーブルナプキンを静かに円卓に置き、椅子を引いて立ち上がった。

「今日はこれで失礼させていただきます」

部屋の隅のコートハンガーに掛けておいたバッグを取ると、振り返ることなく部屋を出た。黒川家の面々は誰も追ってこようとはしなかった。

## 優司の献身

美帆は若い頃から、男女の肉体関係は神聖なものだと考えていた。その考えはいまも変わっていない。二十歳《はたち》の誕生日から黒川丈二と付き合うようになったが、美帆にとって丈二は初めての男だった。丈二と再会するまでの七年間、美帆が真剣に交際した男性は一人きりだった。その人とは二十八歳のときに知り合った。

丈二との破局のあと美帆は仕事に没頭した。ちょうど新しい女性誌の創刊メンバーに選ばれていたので、寝る間も惜しんで働くにはうってつけの職場でもあった。あるとき、たまの休みに海にでも出たい、という理由だけでクルーザーを衝動買いした。クルーザーといっても四百万円程度の小さなものだったが、編集部の友人と二人で船舶免許を取得し、月に一度か二度は東京湾に出ていた。そこでその人と知り合った。彼は三千万円クラスの船を何艘《そう》も持つ人で、一度船上パーティーに招かれ、親しくなった。それからは友だちと二人で操船のコツを学んだり、東京湾内、湾外の安全なルートを教えてもらったりした。

彼は不動産会社とホテルを経営する実業家で、当時四十五歳。一度結婚に失敗していた。

すでに丈二と別れて二年半ほどが過ぎていたので、一晩中泣きつづけたり、その後の丈二の消息を偶然耳にして過呼吸に陥るといったことはなくなっていた。それでも夢に丈二が出てくることはあった。丈二が隣にいて、安心しきった自分が心から幸福を感じているという夢。決まって明け方で、仕事が忙しいときに見た。そんな夢を見たあとは必ず泣いた。

実業家の彼は親切で優しかった。ある晩、船の上で食べたカキに当たって美帆が寝込んでしまったことがあった。彼は友人の医者を船に呼んでくれ、一晩中面倒を見てくれた。丈二以外の男性にそこまで手厚くされたのは初めてだった。一月ほどして身体の関係を結んだ。

男性の生理については分からない。男は誰とでも寝ることができるのかもしれない。だが、女はそうではないと美帆は思う。すくなくとも自分は、心を開かないかぎりは、相手とベッドを共にすることは絶対にできない。

丈二と付き合い始めたときも、彼にはかつて恋人がいて、その人とも寝ていたと聞かされ、内心激しいショックを受けた。丈二が記者になり、出張で同行した代議士連中に誘われ、どうしても断りきれずにモスクワの娼婦《しょうふ》と一晩を過ごした、とのちのち聞かされたときも二ヵ月のあいだ顔を合わせなかった。いま思えば、あの出来事のあとから、二人の関係はわずかずつ変わっていった気がする。正也が東京に進学してきて、それまでの半同棲《どうせい》生活ができなくなった時期とも重なっていた。丈二がテレビ局に勤める後輩の女性記者と深い仲になってしまったのは、その翌年だった。

交際を始めて半年後に彼に結婚を申し込まれた。すこし考えさせて欲しいと言って、その晩は別れた。帰り道、途中でタクシーを降りて、当時住んでいた碑文谷《ひもんや》のマンションまでのゆるやかな坂道をのぼった。東京にしてはめずらしいきれいな星空だった。

プロポーズを受けようと思った。明日にはきちんと返事をさせてもらおうと決めて部屋に戻った。十一時過ぎだったが、留守番電話に母の声が吹き込まれていた。「今日、市民病院に行って検査を受けました。胃がんだそうです」という重苦しい声だった。

翌日、美帆は片瀬に帰った。それからしばらくは母の入院、手術、退院で瞬《またた》く間に時間が過ぎていった。

二ヵ月後、美帆は正式にプロポーズを断った。彼のことを丈二ほど好きになる自信がどうしても持てなかった。

「きみは、着陸できなくなった飛行機のようだ」

最後にそう言われた。

美帆が会社を辞めたのは、その人との別れも大きな原因の一つだった。


ニューオータニを出るとまっすぐ羽田《はねだ》に向かった。せいせいした気分だった。何一つ後悔はなかった。丈二も含めて、あんな家族とは付き合っていられない。もともと美帆は家族など信じていなかった。幼い時に親に捨てられた人間が、家族を信ずるなんてナンセンスだ。美帆にしてみれば、それはまるで奴隷《どれい》が主人の娘に恋するようなものだった。そんなことをすれば自分を失うだけだ。丈二と別れてからは、特にそう考えるようになった。結局、人間なんて誰も信用できない。

丈二が今夜、神宮前のマンションを訪ねてくるのは目に見えていた。家に戻るわけにはいかなかった。都内のホテルに泊まるくらいだったら、いっそ片瀬に帰ろうと美帆は思った。

ふと仲間優司に会いたくなったのだ。

二ヵ月前は優司が突然やって来た。今度は自分が不意打ちを食らわせてもいいような気がした。

八時発の全日空《ぜんにっくう》福岡行き最終便にぎりぎり間に合った。

福岡空港に着いたのは午後十時前。

空港でタクシーを拾って片瀬駅前まで行った。新町の「あかり」のドアを引いたのは十一時ちょうどのことだった。

「あかり」は前回とちがって混みあっていた。急な来訪にもかすみはそれほど驚いた顔は見せず、とりあえずカウンターの隅に美帆を座らせ、若いバーテンに隣の席には誰も入れないよう指示して客たちのところへ戻っていった。それからは三十分置きくらいに声を掛けにきた。美帆はカクテルをいろいろ作ってもらいながら、バーテンとお喋りしていた。

十二時を過ぎて女の子たちが引きあげると、客たちも次々に帰っていった。

「もうすぐ看板にするから、二人で飲み直しましょうね」

かすみはそう言い残して、お客を店の外まで何度も見送りに出た。

バーテンも引きあげ、二人きりになったのは一時過ぎだった。テーブル席に移ってかすみと隣同士で座った。閉店後のスナックで飲むのは初めてだ。さきほどまでの喧騒が嘘のような静けさだった。

「お疲れさま」

と言い合ってビールで乾杯した。

「お久しぶりですね」

かすみが微笑《ほほえ》みかけてくる。

「ごめんなさいね。急に押しかけてしまって」

「そんなあ。美帆さんみたいな素敵な方とまたお会いできて光栄です」

かすみは今夜は着物ではなくドレスを着ていた。襟《えり》ぐりが大きくカットされた黒のミディアムドレスだ。胸の谷間は深かった。

「福岡でお仕事だったんですか？」

空になったグラスにビールを注いでくれながら言う。

「ちょっとむしゃくしゃすることがあって、さっき、衝動的に飛行機に乗っちゃったのよ」

酔《よ》いも手伝って美帆は正直に話した。

「じゃあ、東京から」

「うん。片瀬駅まで来たら、何だかここに来たくなったの」

美帆は冗談めかした口調で言った。優司に会いたかったからとは言わなかった。

「ありがとうございます」

かすみはグラスを持ち上げて、小首をかしげるしぐさをした。

「だけど、へんよね。この街が小さい頃から大嫌いなのに」

呟くように美帆が言った。

「故郷なんてそんなものなんじゃないですか。あった方がいいか、ない方がいいかで投票したらちょうど半々みたいな感じ」

面白い言い方をする。

「そうかもね」

美帆は頷いた。

「私ね、貰いっ子なのよ。本当の娘じゃないの」

「そうだったんですか」

「もともとの生まれは東京。かすみさんと同じ」

「私は違いますよ。千葉だから」

「そう言われると、私もはっきりした記憶はないな。都内の施設に預けられてたってだけだから」

「じゃあ、優ちゃんと同じなんですね」

かすみの口から優司の名前が出た。

「そうね。でも仲間君は養子に出たりはしてないものね。まあ、それが良かったかどうか分からないけど。私みたいにお金のある家に貰われてれば、やくざなんかにならなくてもすんだかもしれないし」

そう言いながら、優司の場合はきっとそうだったろうと思った。

ビールが一本空くと「美帆さん、何にしますか」と言いながらかすみは席を離れ、カウンターの中へ入った。カウンターの向こうの彼女はさすがに様になっている。

「かっこいいよね」

美帆が言う。かすみは訝《いぶか》しげな顔をした。

「なんだか、そうやってるとママさんって感じ。颯爽《さっそう》としてる」

「そうですか」

かすみは語尾を上げるように言った。

水割りを二つ持って戻ってきた。座りなおした途端に、

「でも、三年前に優ちゃん、きっぱり足を洗ったから」

とかすみが言った。

グラスに伸ばしていた美帆の手が止まった。

「え」

つい声を上げていた。

「それ、どういうこと」

言葉が詰まる。今度はかすみが不思議そうな目になった。

「美帆さん、知らなかったんですか？」

何度も首を縦に振った。

「五年前に、優ちゃんが刺されて死にかけたのは知ってます？」

無言で頷く。

「そのあと、優ちゃん、やくざの世界から足洗ったんです。一家名乗り直前で、若い衆も集めてたし、足抜けするとなれば世話になった親分さんの顔をつぶすことにもなるんで、

きっと大変だったと思います。私には何も言わなかったけど、お金も相当使ったはずですよ。結局、向こう十年間、博多の町には一歩も足を踏み入れないという一札を入れて、きれいさっぱり組とは縁を切ったんです。まあ、そんな誓約も半分は親分さんの温情だったんだって優ちゃんは言ってますけど」

美帆はかすみの話を耳に入れながら、半ば唖然としていた。

まさか優司がやくざ稼業《かぎょう》から足を洗っているなどとは想像もしていなかった。

「だから、いまの優ちゃんは正真正銘の堅気《かたぎ》ですよ」

かすみがちょっと自慢げにつけ足した。

ホームレスの男を助けたときの「あの人も昔はやくざ者やったんやろ。俺と同類たい」という優司の言葉が脳裡《のうり》に甦る。あれは言葉通りの意味合いだったということか。

「じゃあ、彼、いまは何しているの？」

美帆の困惑ぶりにかすみは幾分、呆れ気味の風情だった。

「優ちゃん、この駅の裏で焼き鳥屋やってるんですよ。繁盛《はんじょう》していて、もう市内に支店が三つもあるんです」

「焼き鳥屋？」

思わず訊き返してしまう。

「はい。『焼鳥の富士本《ふじもと》』っていうんです。といっても、優ちゃんはもう店には出てませんけど。支店が増えてきて、裏方に回るようになったから。そうそうリリコの彼氏の研ちゃんが二号店の店長ですよ。あの人、もともと優ちゃんの弟分だったんですけど、優ちゃんが片瀬に引っ込んだときに一緒についてきたんです」

あの研一が焼き鳥屋の店長？　そういえば、七月にここでみんなで飲んだとき、店をバイトに任せきりにして研一が妙なことに手を出している、と優司がリリコをたしなめていた。その物言いには美帆もすこしひっかかった覚えがあった。

「研ちゃんって左手の小指を詰めてるよね」

美帆は訊いた。

「ええ」

「この三月にもう一本詰めたんじゃない？　となりの薬指」

「そんなことないですよ。研ちゃんも組とはとっくに切れてるから」

急に何を言い出すのだ、とかすみの表情が物語っていた。

じゃあ、あれは単なる指の怪我に過ぎなかったということか。包帯にくるまれた薬指の先が欠けているかどうか、この目で確かめたわけではなかった。

「そうだったんだ」

美帆はそれ以上、口がきけなくなった。それならそうと、どうして優司は言ってくれなかったのだろう。しかし、考えてみれば、美帆が思い込んでいただけで優司は別に隠すつもりなどなかったのかもしれない。

優司が足を洗っていたとなれば、いままでの彼の言動がまったく異なった色調で思い出されてくる。

死ぬ時くらい素面《しらふ》でいたいから酒もクスリも止めたと言っていた。刺されたあとは、いつまた襲われるかと思うと恐ろしくて飲めなくなったと言っていた。生死は一つの事だが、そこには生きる義、死ぬ義が必要なのだと言っていた。

慶応病院の病室で背中の一匹龍を見せながら、

「こげんもん背負っとるせいで、個室に一人ぼっちよ」

とぼやいてもいた。

「美帆さん」

ぼうっとしていたのだろう。かすみが声を掛けてきた。

「かすみさん、仲間君のこと詳しいのね。彼とはどうやって知り合ったの」

自分の気持ちの動揺を見透《みす》かされたくなくて、美帆は質問した。彼女の話しぶりだと二人はかなり古い付き合いに違いない。むろん男女の関係でもあるのだろう。

「この前も話しましたけど、優ちゃんは私の命の恩人なんです」

かすみには前回よりも打ち解けた感じがあった。美帆が優司とそれほど親しい間柄でないと知って一安心なのだろう。

「私、二十二のときに結婚して、福岡にやって来たんです」

かすみは水割りを一口すすって話し始めた。

短大時代に知り合った二つ年長の夫は博多の出身だった。彼は大学院を出ると中学教師の職を見つけ、郷里に戻ることになった。かすみはこれを機に、二年間勤めていた都内の会社を辞めて彼と一緒に博多に行く決心をしたのだった。

「学校が始まる直前の三月末に、慌てて福岡市内で結婚式を挙げたんです」

翌年には長女が生まれた。その子は今年で小学校三年生になっているはずだという。名前はあかり。ちょうどあかりを産んだ頃に夫が心臓病で倒れた。それまで何の兆候もなかったのが、ある日、いきなり発作を起こして倒れたのだった。病院で調べてもらうと重度の心筋症と診断された。

夫は何とか教壇には立ち続けることができたが、激しい運動は禁じられた。セックスも厳禁と医師に宣告された。

それでもお互いに我慢できずに一度だけしたことがあった。案の定、夫はひどい発作を起こしてしまい、救急車を呼ぶような騒ぎになった。

博多に来て三年経《た》った二十五歳のとき、思い余ってかすみはマッチングアプリに手を出してしまった。月に一度か二度、後腐れのないセックスができればそれでいいと思った。

三人目の男がやくざだった。

最初のセックスから覚醒剤の水溶液を膣《ちつ》に塗り込まれた。男が恐ろしくて抵抗などできなかった。

二度、三度と呼び出されているうちにクスリの力に引き込まれていった。やがて家事も育児も手につかなくなり、半年もすると夫にも夫の両親にも勘づかれていた。もうその頃にはいっぱしのシャブ中になっていた。

またたく間に離婚され、病院に放り込まれた。

男の手引きで病院から脱走した。シャブがやれないなら死んだ方がましだった。自分にはもはや何も失うものはないと思っていた。

中洲に連れて行かれ、男の言いなりに風俗で働くようになった。お決まりのコースだった。

一年も経たずに、男が大きな借金を作って姿をくらました。ある朝、住んでいたマンションにやくざたちが押しかけてきた。部屋にはかすみ一人だった。やくざたちはかすみの判子が押された借用書を広げてみせると、逃げた男の代わりにたっぷり稼《かせ》いでもらうからな、とすごんでみせた。

そして、連れて行かれたのが優司がいる組事務所だった。

優司はかすみを一目見るなり、「もう二度とシャブには手を出すな」と言った。

それから時間をかけてかすみの身の上を聞いた。

昼になるとすしの出前を取ってくれて、彼が淹れてくれたお茶を飲んだ。そのお茶があまりにおいしいのでかすみはびっくりした。すしを食べ終わると、車に乗せられ、とあるマンションに運ばれた。

殺されるとは思わなかったが、ここで毎日何十人という客を取らされるのだろうと思った。だが、そんなことよりもクスリを切られることの方が怖かった。

「そこは、優ちゃんの自宅だったんです。いきなり部屋に連れ込まれると両手両足を縛られて、ああ、この人はきっと変態なんだ、これから私をいたぶりながら犯して楽しむつもりなんだって思いました」

かすみは笑いながら言った。

それから丸四ヵ月のあいだ、優司はかすみを自室に半ば監禁して、彼女の身体の中の覚醒剤を一滴残らず抜いたのだ。

「最後は幻覚で半狂乱になるんです。汚い話だけど、オシッコもウンチも垂れ流し状態。なのに優ちゃんは、私が暴れているあいだ、一晩でも二晩でも一睡もしないで世話をしてくれたんです」

きれいな身体になって外に出てみると、薄汚れた街の景色でさえ「輝いて見えた」という。結局、彼女は優司の紹介で中洲のクラブで働き始めた。いつの間にか前の男の借金は消えていた。

「だけど、どうして仲間君はあなたのためにそこまでしてくれたのかしら」

話を聞いていて、その点が美帆には一番ひっかかった。

「私も、ずっとその理由が分からなかったんです。中洲の店で一年くらい働いて、そしたら年の暮れに優ちゃんが刺されてしまって。そのとき初めて、優ちゃんがどうしてあそこまでしてくれたのか何となく分かった気がしたんです」

美帆は手にしていたグラスをテーブルに戻した。

「優ちゃんが入院しているとき、ある女性がお見舞いに来たんです。私、たまたま病室にいて顔を合わせたんですけど、その人と私がすごくよく似ていて、まるで姉妹じゃないかっていうくらいだったんです。きっと向こうもそう感じたと思います。で、私、ピンときたんです」

かすみの言わんとするところが美帆にもすぐ了解できた。

「その人はどういう人なの」

「詳しくは分からないし、私も優ちゃんには何も訊いてません。ただ、名前は富士本美由《みゆ》紀《き》と名乗っていました」

「富士本……」

美帆は独りごちた。

「優ちゃんが足を洗っていまの店を始めるとき、屋号に富士本ってつけたんで、私は、やっぱりなって思いました」

退院した優司は組を離れることになり、かすみは彼について片瀬まで来た。新町のバーでさらに丸一年勤め、必死で貯《た》めたお金でこの店を居抜きで買ったのが一昨年の春だったという。

「優ちゃん、そんなこと一言も言わないけど、あの富士本美由紀という人とのあいだにはきっと深い事情があるに違いないって、私は睨《にら》んでいます」

かすみはそう言って、小さなため息をついてみせた。

カウンターに置かれたスマホが鳴ったのは、かすみがグラスを洗っている最中だった。

美帆はテーブルを拭《ふ》いていた。

時刻は二時半を回っていた。

水を止めたかすみが手を拭《ぬぐ》ってスマホを取り上げた。

スマホを耳に当てた途端、その顔が曇った。

「あんた、どうしたの。泣いてるだけじゃ分からないよ」

こわばった声になっている。美帆も布巾《ふきん》を置いてかすみの声に耳をそばだてる。

「一体何があったの。どうしたの。いまどこにいるの」

眉間に深い皺が寄っていた。よく見ると、化粧が浮いて細かくひび割れている。

「リリコ。泣いてるだけじゃ分からないよ。しっかりして。どこか怪我してるの」

相手はリリコだ。

「とにかくそのままじっとしてるんだよ。これからすぐ行くから。十五分で着くからね。それまでは誰も部屋に入れちゃ駄目だよ」

唐突に電話は終わった。

布巾を持って美帆はカウンターに近づいた。かすみと目が合った。

「リリコちゃん、どうかしたの」

「また研一に殴られたのよ」

かすみが舌打ちするように言った。

駅前でタクシーを拾った。リリコのマンションまで十分程度だという。がらがらの国道をタクシーはスピードを出して走る。美帆もかすみも無言だった。

ニューオータニで丈二の両親と食事をしていたのが数時間前だった。それがいまはこうして片瀬の田舎道《いなかみち》を元シャブ中の女と二人で若いホステスの部屋へと向かっている。丈二は自分が出馬する次期参議院選挙の話をしていた。父親も母親もそれが当然のように息子の話を聞いていた。一方、こちらではやくざ上がりの男に暴行を働かれた女が、泣き叫びながら助けを求めてきている。研一は常習犯だとかすみは駅までの道すがら、うんざりした口調で言っていた。

「シャブやってると、突然切れるのよ。もう何度目だか分からない。だから優ちゃんもケンとは早く手を切れっていつも言ってるのよ」

「そんな男とリリコちゃんはどうして別れないの」

美帆は素朴な疑問を口にした。かすみは遠くを見るような目つきになって、

「あの子が研一にぞっこんなのは、セックスのせいよ。きっといまでもシャブ使われて毎晩気違いみたいにイカされてるのよ。シャブマンやっちゃったらそれ以外のセックスできなくなるから。リリコもシャブ中とおんなじよ」

と言った。

まるで同じ世界ではないみたいだ、と明かり一つ見えない国道沿いの風景を眺めながら美帆は思った。あれから何日も経ったような気がするだけではなく、まるきり違う世界に迷い込んでしまったような気がする。

鍵《かぎ》を開けてくれたリリコを見て美帆もかすみも玄関先で絶句した。

かすみは靴を脱ぎもせずにリリコを抱き締めた。リリコは腫れ上がった顔をかすみの首の付け根に押し当て、何も言わずにしゃくりあげた。

「もう大丈夫だからね。もう誰にもひどいことさせないからね」

彼女はリリコのくしゃくしゃの髪を撫《な》でている。美帆は二人をその場に残して部屋に上がった。念のため、中の様子を確かめておきたかった。万が一、研一が潜んでいたら自分たちまで暴力の餌食になってしまう。

部屋は広めの1LDKだった。小さなダイニングテーブルが置かれたリビングも、隣の八畳ほどの寝室もめちゃくちゃになっていた。

リリコのあの有様からして予想はついたが、ここまで凄《すさ》まじく荒らされた部屋というものを美帆は初めて見た。

これほどの暴力が吹き荒れた中で、リリコはよく生き延びられたものだ、という気がしたくらいだった。

　五分ほどしてかすみが抱きかかえるようにしてリリコをリビングに連れて来た。割れた食器や倒れた棚、砕け散ったサイドボードのガラス片などで足の踏み場もない。驚いたのは天井のシャンデリア型の電灯まで木っ端微塵《こっぱみじん》になっていたことだ。棒かバットでも使って打ち壊さないかぎり、とてもこうはならない。

　ガラス片を避《よ》けながら、かすみは壁際《かべぎわ》のソファまでリリコを運んで座らせた。彼女はそのまま服や衣装ケースが散乱する寝室へ入り、どこからか救急箱を見つけて戻って来た。コットンにマキロンをたっぷりしみこませ、優しく声を掛けながらリリコの顔の傷を消毒しはじめた。実に手馴《てな》れた感じだった。

　左目は塞《ふさ》がるほどに腫れ上がっていた。右頰には深い裂傷《れっしょう》があり、噴き出した血がすでに固まりだしている。唇は上下とも紫色に膨れ上がり、鼻からはぼたぼた鼻血がこぼれていた。口の中もぐちゃぐちゃだろうし、歯も何本か折れているに違いなかった。

　顔の消毒が終わると、花柄の薄手のワンピースを着たリリコの全身をかすみはゆっくりとさすっていく。首、肩、腕、腰、お腹や胸、腿、膝、足首、爪先《つまさき》、そして尻《しり》や背中をまるで卑猥《ひわい》な手つきでくまなく撫でさする。部位ごとに少し指に力を込めて「ここ痛くない？」と訊いていた。リリコは幼児のようなしぐさで首を横に振っていた。

美帆が、床に散ったガラスの片づけから始めていると、

「大丈夫。骨は折れていないみたいね。でも顔がひどいし、内臓は分からないから」

と言ってかすみは立ち上がった。そばに置いていた自分のバッグからスマホを取り出した。

「美帆さん、優ちゃんを呼ぶけどいいよね」

と断ってくる。美帆は頷いた。

優司は十分ほどでやって来た。電話で美帆のことは伝わっていたので、顔を合わせても「おう」と言っただけだった。ソファの上にへたりこんでいるリリコの顔を慎重に検分し、「この腫れ方だと頬骨にひびくらい入ってるな」と呟いた。

「やっぱりいまから病院に行った方がいいと思う」

美帆が言うと、優司も頷いた。

「二人とも飲んどるんか」

と訊いてくる。

「私はもうすっかり醒《さ》めてる」

かすみが答えた。

「私も大丈夫」

美帆も言った。リリコの顔を見た瞬間にほろ酔い機嫌など吹き飛んでしまった。

優司がポケットから車のキーを出して、かすみに手渡した。

「二人ですぐに市民病院に連れて行ってやってくれ。医者には最初からＤＶだと伝えた方がよか。そっちの方が変な勘繰りされんですむやろ」

「分かった」

かすみはリリコのそばに寄ると、中腰になって、

「リリちゃん、一緒に病院に行こう」

と言った。時刻は午前三時をとっくに過ぎていた。

「研一は何でこんなことをした。理由は何や」

かすみの身体につかまりながら立ち上がったリリコに優司は言った。この部屋に入ってリリコの無残な姿や室内の惨状を見ても、優司は眉《まゆ》一つ動かさなかった。リリコに対する態度にもさしたる同情は窺われない。問いかけにリリコが答えないでいると、

「だから、一体どうして研一がここまで暴れたんかと訊いとるやろうが。ちゃんと答えんかい」

優司は苛《いら》ついた声でたたみかける。

「先週、お客さんに貰った時計のことが研ちゃんにバレちゃって……」

くぐもった声でリリコが言った。声まで別人のようだった。

「また、そげんくだらんことかい」

優司は吐き捨てるように言った。

「もうこれが限界やな。よかな、リリコ」

俯いたままのリリコがしばらくして小さく頭を縦に振った。

それだけ確かめると、優司は部屋の隅に移動して電話を掛け始めた。

「おう俺や、研一を見たらすぐに連絡頼むわ。何時でも構わん」

と言っている。あっという間に切って、また別の相手に同じことを言っていた。そうやって片っ端から電話をしている優司を残して、かすみと美帆はリリコを連れて部屋を出た。

三年前に足を洗ったというが、今夜の優司はどう見ても正真正銘のやくざにしか見えなかった。

# 裏切り

以前に比べると永妻克子《ながつまかつこ》はやけに老け込んでいた。もともと年齢不詳の人物ではあるが、こうして面と向かってみれば、顔の皺は二倍に、白髪《しらが》は三倍にでもなったかのようだった。永妻はいま一体幾つなのだろう。まだ四十前にも思えるし、もう五十間近であるようにも見える。化粧気のない浅黒い顔は、顎《あご》の骨が発達していて男のようだ。

ただ、目が美しい。澄み切っていながらも、相手の嘘やごまかしを一瞬で看破しそうな強い光を秘めている彼女の目。初めて会ったとき、即座に仕事を依頼しようと決めたのは、その目に魅せられたからだった。

「もし、ご結婚云々《うんぬん》ということであれば、すこし慎重に考えられた方がいいお相手だと思いますが」

永妻は低い声で言った。この仕事を始める前は何をしていたのだろう。女性ではあるが、やはり警察官だったのか。どうしてこんな仕事をやっているのだろう。結婚はしているのだろうか。家庭を持っているのだろうか。彼女でも好きな男の前では別の女に変身したりできるのか。

「そのようですね」

美帆は相槌《あいづち》を打った。

目の前のテーブルには分厚い調査報告書が置かれていた。「永妻克子調査事務所」はJR新橋《しんばし》駅から虎《とら》ノ門《もん》方向へ歩いて十分ほどの場所にある。日比谷《ひびや》通りを渡って、西新橋《にししんばし》の小さなビルが立て込んだ一角、四階建ての古い雑居ビルの三階だった。

ここ数日、雨や曇天の日がつづいたが、今日は朝からさっぱりした快晴だった。すでに午後三時を回っているものの、初冬の日差しは、まだ十分に窓から降り注いでいた。窓を背負って座る永妻の顔が逆光のせいで余計に皺深く陰気に見える。

片瀬から戻って来てこの三週間、美帆はずっと体調がすぐれなかった。二度ほど病院にも行った。雨の日はとくに悪かった。久しぶりの晴天のおかげか、今日は比較的調子がよかった。

ニューオータニで別れてから、丈二とは一度も話していない。当日、翌日と何度かスマホに連絡が来たが、電源を切ったり、出なかったりでやり過ごした。ＬＩＮＥも未読にしている。翌々日の夜、東京に戻ってみると、部屋のドアの新聞受けに手紙が入っていた。

〈電話にも出ないし、ここにも帰っていないようなので一筆します。

一昨日は、一体どうしたのですか？　急にあんなふうに怒り出して、僕も、父や母もただただ驚いてしまいました。何か、僕が美帆を傷つけるようなことをしたのではないか、と危惧《きぐ》しています。すくなくとも、こちらが気づかないうちに、美帆が僕に対して大きな不満を募《つの》らせていたのではないかと。

あのときのことは、もう何とも思っていません。

親たちもいずれは忘れてくれるでしょう。

美帆もいまはきっと冷静になっているのだと信じます。でも、しばらくはお互い気まずいかもしれない。

ちょっとだけ時間を置くことにしましょう。

また、折を見て訪ねます。そのときは、とにかくこのドアを開けてください。

美帆へ

ＪＯＥ２〉

この文面を読んで、美帆は、裏切りの匂《にお》いをうっすらと嗅《か》ぎ取った。丈二という男には「時間を置く」などという発想はない。彼はあらゆる課題をその場で解決しようと欲する人間だった。

手紙を見つけてから二週間待って、美帆は永妻に丈二の素行調査を依頼した。ちょうど一週間前の二十六日火曜日のことだった。

予想通り、丈二は他の女性と付き合い始めていた。ニューオータニで四人で食事をしたのは十日の日曜日だったが、丈二はその週、十五日の金曜日に奈良に帰り、翌日には市内のホテルである女性と見合いをしていたのだった。その電光石火の早業《はやわざ》ぶり、向こうの親たちの手回しのよさにはさすがに美帆も呆れるばかりだった。

見合いの相手は、桐山組の社長、桐山貞行の孫娘だった。名前は春奈《はるな》。地元の女子大に通うまだ二十歳の学生だった。

永妻の報告書によれば、春奈は見合いの翌週も翌々週も上京し、丈二とデートを重ねていた。添付の写真が撮影された先週木曜日には、丈二の高輪のマンションに彼女が泊まったことが確認されていた。

写真で見る限り、どうということもない若い女の子だった。

日本テレビの女性記者と丈二が関係を持ったときのことを思い出した。

美帆に勘づかれた丈二は最初は白を切っていたが、そのうち平謝りに謝りだした。美帆には言葉は必要なかった。一刻も早く女と手を切り、これを潮時に記者の仕事をやめて、もう一度弁護士を目指すと丈二が決めてくれれば許すつもりだった。だが、彼の口から出てきたのは「時間をくれ。きれいに別れるから」という無責任な一言だけだった。

美帆は、相手の女性に会いに行った。一目見て、なんだ、この程度の人でもいいんだ。と正直、拍子《ひょうし》抜けした。

向こうは突然の美帆の出現にうろたえていた。

「あなたのしていることっておかしくないですか。だいいち彼の奥さんでも何でもないわけでしょう。あなたのような人がいるなんて、私、全然知らなかった。だから謝りようもないわ。でも、もう二度と彼と会わないことは約束します」

言葉は強気だったが、彼女は美帆と正対してしどろもどろだった。

その夜、丈二が美帆の部屋に怒鳴《どな》り込んできた。

「俺の仕事をめちゃくちゃにするつもりかよ。あの女とは同じ記者クラブにいるんだぞ。さっそく今日の夕方、うちのキャップのところへねじ込んできたそうだよ。一体どうするんだよ、俺の方が飛ばされたら。ただの遊びだって言っただろ。ほんとうなんだよ。あんな女、好きでもなんでもなかったんだ。ちょっと生意気だから寝てみた、それだけなんだよ。なのに一体何てことをしてくれるんだ」

丈二はしたたかに酔っていた。

美帆の気持ちが一気に冷めたのは、この醜悪《しゅうあく》な一場を経験したあとだった。

手紙では「あのときのことは、もう何とも思っていません」だの「また、折を見て訪ねます」だのと柔和な文句を書き連ねているが、両親、ことに母親の面前で美帆にあんな啖呵《たんか》を切られて、プライドの高い丈二が憤激していないはずがなかった。彼がソフト路線を選択しているのは、美帆との別れで余計な傷を負いたくないからだろう。もっと露骨に言えば、いずれ選挙に出馬する人間として、長年付き合った恋人にあれこれ告発されるような禍根《かこん》だけは残したくないのだ。まして、桐山社長の孫娘が相手となれば、それを知った美帆がどう出てくるのか一抹の不安もあるだろう。丈二としてはどうしても泥仕合は演じたくない。できるだけきれいに別れたいに違いない。

永妻の報告を聞き、案の定、そんなことかと美帆は思った。

桐山春奈との交際を知った以上、丈二と縒りを戻す可能性はほとんど無くなってしまった。だからといって丈二とあっさり別れるわけにはいかない。彼は相応の報《むく》いを受けるべきだし、美帆の側にも丈二といま一度、真正面から対峙せざるを得ない事情があった。

「これは直接、今回のご依頼とは関係ないのですが」

永妻がおずおずといった感じで一枚の紙切れを取り出し、美帆の前に置いた。

そのA４の文書を取り上げ、ざっと目を通した。

「今年の五月下旬に奈良県庁の課長級以上の職員宅に一斉に郵送された怪文書です。県の総務課の指示で直ちに回収されたそうですが、もちろんこうしてコピーが流出しました」

永妻が言う。

こんな怪文書のことなど丈二は一言も言っていなかった。しかし、知らなかったはずはない。

「出所がどのへんかは分かってるんですか」

美帆は訊いた。

「当然、一番疑わしいのは水上陣営でしょうね。ただ、黒川丈二さんに対してというより、黒川建設と黒川庸一氏にかねて恨みを持つ者の仕業だと言う人もいます」

「そうですか」

美帆は一つ息をついた。もう一度、文書に目を落とした。「愛人の子」、「朝鮮人」、「総連のスパイ」といった語句が太ゴチックで強調されていた。

「ひどいですね」

独りごちるように言う。この怪文書を初めて見せられたときの丈二の気持ちはいかばかりだったろうか。

「まあ、怪文書ですから」

永妻はあくまで淡々としていた。

「それに……」

彼女は言葉をつないだ。

「中身はまんざらデタラメというわけでもありません。丈二さんの実母であるみどりさんの亡くなった父親は、昭和三十年代に活躍した朝鮮総連の幹部です。みどりさんは、その男が同じ朝鮮人の愛人に産ませた子供ですが、腹違いの兄はいまも総連で重要なポストに就いています。バブル崩壊直後には公安が黒川建設と総連との関係を調べたこともあったようです。不正取引などの直接の証拠は出なかったようですが、黒川建設の資金繰りが悪化していた一時期、総連系の金融機関から黒川が融資を仰いでいるのは事実です。現在でも、黒川庸一は要監視対象者のリストから外れていないという噂《うわさ》です」

永妻が説明した話の一部は怪文書にも記述されていた。公認が下りるかどうか瀬戸際《せとぎわ》の時期にこんなものをばら撒かれては、丈二にとっては相当のダメージだったろう。

こうした経緯を知ってみれば、次の選挙に向け、黒川家が地元の足場固めをしたくなる気持ちも分からなくはなかった。何の閨閥《けいばつ》も背景も持たない孤児上がりの嫁など迎えるよりも、盟友とはいえこのままでは敵に回しかねない桐山貞行と縁戚《えんせき》関係を結ぶ方がはるかに得策に決まっている。

「今回もお世話になりました。料金は明日必ず振込んでおきます」

調査報告書の束《たば》をカバンにしまい、美帆は立ち上がった。

「お役に立てたなら光栄です」

永妻が一緒に立ち上がりながら、いつもの決まり文句を言った。

怪文書以外は何も置かれていないだだっ広いテーブルが二人を隔てていた。

そういえば、この事務所を訪れるのはもう四度目だったが、お茶の一杯も出たことがないな、と美帆は思った。

## 体当たり

午後六時。

玄関のチャイムが鳴った瞬間に、丈二だと分かった。
二、三日前から、彼がもうすぐやって来るだろうという気がしていた。
あれから一ヵ月あまり。丈二にとっての「ちょっとだけ」とはその程度の期間だったということか。初めて知り合って別れるまでの六年間、離れ離れだった七年間、そして再会してからの二年。そのどれと比べてもたしかに一ヵ月なんて、ほんのちょっとだけに過ぎない。

彼は一体どういうつもりで訪ねてきたのだろうか。桐山春奈とのことを伏せたままで美帆との関係を解消させる妙手を編み出したのか。頭のいい彼のことだ、すくなくとも何らかの切り札は手にして、今回の訪問に臨んでいるに違いない。

そうやすやすといくはずがないとの予想もつけてはいるだろう。

だが、強い意志さえ貫き通すことができれば自《おの》ずと道は開ける、と安易に楽観していることも疑いない。

丈二は本質的にそういう人間だし、男というのは緻密《ちみつ》な頭脳を持っているくせに、肝心なところで地に足のつかない希望的観測をしてしまう生き物なのだ。

そんな男の甘さを、今日は粉々に打ち砕いてやる、と美帆は決心していた。

一度裏切った人間は、また必ず裏切る。やはりその通りだった。

しかし、二人で蒔《ま》いた種は二人で刈り取るしかないのだ。この十五年にも及ぶ根深い関係を断ち切るには、互いに相当量の血を流す以外にない。理屈や計算などでは解決し得ない問題がこの世界には満ち溢《あふ》れていることを、消し去ることのできない記憶として彼の脳裡に焼き付けてやらなくてはならない。

最終的には美帆がケリをつけるにしても、自分だけが泥をかぶるなんて真っ平御免だった。こうした事態に立ち至った責任の過半は丈二にあった。

彼の今回の裏切りがなければ、別の可能性もなくはなかったのだ。すべてを台無しにしてしまったのは、間違いなく黒川丈二の方だった。

しばらく待たせてから美帆は玄関に行った。ドアを開ける。

「よっ」

丈二は満面に笑みを浮かべていた。手には紙袋をぶら提《さ》げている。ワインだ。彼は必ず赤と白の両方を買ってくる。そうした些細《ささい》な癖にも性格が反映されている。もともと欲張りな男なのだ。そして、こういう朗らかな笑みを浮かべているときの彼は、したたかな計算を腹中で働かせていた。

美帆は最初からワインを抜いた。部屋は十分にあたためてある。上着を脱がせようとすると丈二はやんわりと拒んだ。長居をするつもりはないのだろう。いつものようにリビングのダイニングテーブルを挟んで向かい合って座った。

シャンベルタンの赤を丈二のグラスに注ぐ。ナポレオンがこよなく愛したワインだと教えたら、彼はそれ以来すっかりシャンベルタン党になってしまった。一体、何回、一緒にこのワインを飲んだだろうか。

「元気そうね」

美帆は言って、先にワイングラスを口許《くちもと》へ運んだ。乾杯はもうできない。

「まあまあかな」

丈二もワインを口に含む。

「最初に言っておきたいことがあるんだけど、いい？」

丈二の顔にかすかな期待が滲《にじ》んだ。予想通りだった。

だが、これから告げる言葉でそんな期待は粉砕されることになる。

「私、あなたとは絶対に別れないわよ。来年の六月までには結婚してもらう。それが約束だったでしょう。それからもう一つ。私はあなたのご両親のことを自分の親だとは思わない。結婚しても一切のお付き合いは遠慮させてもらうわ。ただ、あなたがあの人たちと交流することは止めない。だってそれはあなたの自由だから」

丈二は意外な言葉、のっけからの想定外の展開に戸惑《とまど》った表情を隠さなかった。

「ちょっと待ってくれないか。もうすこしちゃんと話そう。そのために一ヵ月以上もお互いに時間を置いたんだから」

グレーのジャケットの襟を一度ととのえて言う。初めて見る上着だった。グレーは彼の趣味ではなかった。

「これは、私が何度も考えて決めたことなの。私、初めて会ったときからあなたのお母様が嫌だったの。この人とはどんなことがあっても分かり合えないだろうって直感した。だから、結婚しても関わりたくないの。あの人のためにもそれが一番いいのよ」

丈二はテーブルにのせていた両手を持ち上げ、美帆を制止するように掌《てのひら》を広げた。

「だから、ちょっと待ってくれよ。何だか今日の美帆はおかしい。というより、この前からそうだ。うちのお袋とのあいだで何かあったんじゃないのか。九月に上京してきたとき二人で銀座に出かけただろう。たとえばそのとき、何か揉《も》めたりしたんじゃないのか」

丈二は冷静な顔、落ち着き払った声で言う。まるでこちらを気遣《きづか》っているようなその白々しい態度が気に障《さわ》る。

「別に何もなかったわ。そんなんじゃないの。とにかくあの人とは合わないのよ。そういうことってあるでしょう」

ここでちょっと誘い水を向けてみた。

「だけど、もし結婚するとなれば、お袋とうまくやってもらえなくては困る。僕の親とは付き合わないなんて滅茶苦茶《めちゃくちゃ》だよ。僕は来年には地元から選挙に出る身なんだ。身内がバラバラじゃあ、勝てる選挙だって勝てなくなる。それくらいは美帆にだって分かるだろう。きみがそういう姿勢だととても結婚なんて無理だ」

さっそく本音が滲み出てきた。

「だったら、政治家になるのなんて止めればいいじゃない。私と結婚することと選挙に出ることとどっちが大事なの」

「おいおい、あんまり無茶を言わないでくれよ」

丈二が苦笑する。

「だから訊いているじゃない。どっちが大事なの」

「そんなの答えられるわけないだろう。次元の違う話を混同するなんて美帆らしくもない」

美帆は残っていたワインを飲み干し、ボトルを摑《つか》んでなみなみと注ぎ足した。

「じゃあ訊くけど、あなたはどうして政治家になりたいの。政治家になって一体何がしたいと思っているの」

また丈二が笑みを浮かべた。

「そんなことといまここで話すようなことじゃないだろう。一言で言えるようなことでもないしね」

「もったいぶらないでよ。私は知っているわ。あなたは出世したいだけなのよ。大臣にでもなって皆を見返したり、威張ったりしたいだけでしょう。あなたの親たちが、あなたが代議士になるのを望むのも同じ理由よ」

「何だよ、それ」

丈二は大袈裟に手を広げてみせる。

「もう酔っ払ったのか」

と冷たい視線で美帆を見た。

「だから誤魔化さないでって言っているでしょう。正直に答えてよ。あなたは政治家になって何がしたいの。一つでもいいから言ってごらんなさいよ」

「一つと言わず幾らだってやらなくちゃならないことがある。だけど、一番は、この日本という国を真の独立国にすることだよ」

丈二は面倒くさそうな顔だったが、やがて表情を引き締めて言った。

今度は美帆が苦笑する番だった。

「何が独立よ。ばっかみたい。政治家なんてどうせ何もできないのよ。ただ、偉くなってでかい顔したいだけでしょ。しっかりそう自覚している人の方が、あなたみたいな中途半端な人よりよほど出世するんじゃない。すくなくとも自分に正直な分、許せるところがあるから。政治家なんてこの社会のクズよ。やくざとどっこいどっこいの最低な商売よ。結局、金と暴力を手に入れて、この世の中を自分のいいようにしたいだけなのよ。そのためならどんな人間だって利用するし、平気で身内や仲間だって裏切る。私たち女のことなんて人間とも思っちゃいないわ。政治家はみんな、女なんてどうせ子供を産む道具で、子供を育てる機械くらいにしか思っていないのよ。あなただって本音はそうでしょ」

「人を愚弄《ぐろう》するのはいい加減にしてくれないか」

丈二の声に怒気《どき》が混じった。

別に愚弄などしていない、と美帆は思った。ただありきたりの真実を指摘しているに過ぎない。当選のために自らの結婚さえ道具とする男に、誰が「国の独立」など語って欲しいと思うだろうか。

「この日本という国を真の独立国にする？　本物の日本人でもないくせに、よくもまあそんな偉そうな口がきけるわね。笑っちゃうわ」

丈二の顔色が一瞬で変わった。あとひと押し畳みかければ、間違いなく挑発に乗ってくる。

「あなただってあいのこじゃない。みなしごの私と似たりよったりよ。それが国会議員になるだなんて、いい加減にした方がいいのはあなたでしょう。そんな馬鹿《ばか》げた夢、早く捨てなさいよ。あなたはね、田舎の土建屋が朝鮮人の愛人に産ませたエセ日本人なのよ。それくらいの現実、もう大人なんだからそろそろ受け入れたら。まったく幾つになったら目が覚めるのよ」

「僕は日本人だ。正真正銘の日本人だし、誰よりもこの国を愛している」

丈二のこんな顔はかつて見たことがないと美帆は思った。歯を食いしばり、頬は真っ赤だったが目元や額は蒼白《そうはく》だった。その悲憤慷慨《ひふんこうがい》したような、自分自身に酔ってでもいるような表情が哀《あわ》れで滑稽《こっけい》だった。正真正銘の日本人だの国を愛しているだの、男というのは他に信ずべきものを持てないのか。

「また嘘ばっかり。あなたは朝鮮人とのハーフで、愛人の子で、それでいてべらぼうな秀才で、子供時代から肩身の狭い理不尽な思いばかりしてきたのよ。だから、自分の味わってきた悔しさの代償が欲しいだけよ。誰よりも出世して、自分のことを虐《しいた》げてきた日本人やこの日本社会に復讐《ふくしゅう》したいのよ。そのくせ、そうした自分の本当の気持ちには気づかないふりばかりしてきた。あなたは要するにただの臆病者《おくびょうもの》に過ぎないわ」

丈二の瞳が憎悪の光できらきらしている。

美帆はグラスのワインを一息に呷《あお》った。全身の肌がぴりぴりしてきていた。いままで感じたことのない興奮が身の内から湧《わ》き上がっていた。

この感じだ、と思う。リリコの腫れ上がった顔やめちゃめちゃに荒らされた彼女の部屋の情景が脳裡に甦っていた。男と女が別れるには、本来あの程度のことは当たり前なのだ。二人を貼《は》り合わせる接着剤を溶かすには、二人して燃え盛る火に飛び込むか、滾《たぎ》った湯を頭からかぶるかするくらいの荒療治が必要なのだ。

そうやって、私の心だけでなく、この私の身体の中からも完全に丈二を排泄《はいせつ》しなくてはならない、と美帆は思った。

「自殺した女の娘にそんなこと言われたくもないね。きみこそ臆病者の子供だろ」

丈二が言った。その瞬間、ふっと彼の全身から力みのようなものが抜けるのが分かった。

「自殺した女の娘ってどういうことよ」

美帆は訊き返した。

「きみは自分の親がどんな人だったかも知らないじゃないか。うちの親はそういうこともひっくるめてきみを受け入れるつもりだったんだ」

ふたたび丈二の表情に余裕の色が浮かんできた。

「まさか、私の親のことを調べたの。この私に一言の断りもなく」

丈二がここでも嘘を語っているのは明らかだった。黒川家が美帆の出自を調べたのはごく最近のことだろう。ニューオータニで食事をしたときは、庸一もみどりも詳しい事情を知っている気配はまったくなかった。

「きみがこんなひどいことを言わなければ、僕だって黙っているつもりだった。だが、今夜ではっきりと分かったよ。僕はもうきみと金輪際《こんりんざい》一緒にはやっていけない。正直なところきみがこれほど卑劣《ひれつ》な人間だとは思わなかった。やはり生まれ持った気質は変えようがないってことだな。実感したよ」

美帆は丈二がワインで喉を湿らすのを黙って見ていた。

「僕だって、きみの母親のことを聞かされたのは、きみがあんなことをして店を出ていったあとだ。それまでは知らなかった」

それも嘘だ、と思った。丈二たちは、美帆と別れる理由が欲しくて、慌てて調査会社に彼女の過去を洗わせたのだ。

これから丈二が口にすることが今夜の切り札に違いない。そのカードで美帆を切り捨てることができると彼は確信しているのだろう。

「きみの母親の名前は古川美和《ふるかわみわ》。彼女はきみが二歳のときに自殺している。きみを東京の養護施設に預けたのは古川美和の弟、古川隆志《たかし》。つまりきみのたった一人の叔父さんだ。何しろきみは私生児だからね。この古川隆志は十五年前に亡くなっている。死んだのは八《はち》王子《おうじ》医療刑務所。彼は四度目の服役中だった。前科五犯。札付きの結婚詐欺《さぎ》師だったそうだよ。きみの叔父さんは女を食い物にして生きるしかなかった哀れで恥ずべき男だ。そして、お母さんは父親も分からないような娘を産んで、しかもその子を残して自殺してしまった。どんな事情があったにしろ、彼女の自殺は無責任の誹《そし》りを免《まぬか》れないだろうね。要するにきみはそういう母親や叔父の血を受けた人間だということだ。ついでに言っておくと、お母さんや叔父さんもきみ同様に大層な美男美女だったらしいよ。不倫や結婚詐欺にはうってつけだったってわけだ」

美帆は丈二の話には直接反応しなかった。ただ頭の中におさめただけだった。

「それでも、あなたは私とは別れることはできないわ」

相手の皮膚《ひふ》になすりつけるように言った。

「馬鹿を言うなよ。僕のことをあいのこ呼ばわりする女とどうして一緒にならなくてはいけないんだ」

「もしも私を捨てたら、あなたはとんでもない代償を支払うことになるからよ」

「代償ってどういうことだよ」

「あなたが選挙に出ることになったら洗いざらいぶちまけてやるってこと。週刊誌にでも何にでも出て、あることないこと言ってあげるわ。私がそんなことすればどこだって飛びつくはずよ。この顔をカメラの前にさらせばいいんだもの。孤児だという理由で私を捨てたこと、どうにもならない女好きだってこと、それにあなたの生まれ育ち。あなたが落選するために必要なことはどんなことでも、たとえでっち上げてでも喋ってあげる。ＳＮＳで炎上でもしたら一発アウトよ。そんな大恥を満天下にさらすのが嫌なら、このまま私とおとなしく結婚することね。もう他にあなたに残された選択肢はないわ。録音もさせていただきました」

はったりが効《き》いたようだ。丈二は愕然《がくぜん》とした顔で美帆を凝視している。まさかこんな成り行きになるとは想像もしていなかったはずだ。美帆の日頃の性格からして、案外あっさり終止符を打てると思い込んでいたに違いなかった。

「一体どうしたんだ。まるで人が変わったみたいじゃないか」

眉間に皺を寄せて、丈二はいま作戦の練り直しを始めていた。

「変わったんじゃない。分かったのよ」

美帆は言った。

「何が」

徐々に暴力的な雰囲気が丈二の全身から生まれ始めていた。

どんどん凶暴になればいい、と美帆は思う。そうやって互いの感情をさらけ出して行き着くところまで行くのだ。

暴力は望むところだった。この身体の中に巣食った丈二を丈二自身の手で抹殺させてやりたいと願う。

「あなたのことが許せないということ。あのときのあなたの仕打ちがどうしても許せないってこと。あなたに復讐しない限り、私の心は絶対に満足しないってこと。そのためならどんなことでも自分にはできるってこと。だから、あなたが最も苦しむ方法であなたを苦しめることに決めたのよ」

「それが、そうやって僕を脅《おど》して、僕と結婚するってことか」

「そう。憎みあった者同士で結婚するの」

「狂ってるな」

「ええ。私は狂ってるわ。でも、私をこんなふうにしたのはあなたよ。あなただって言っていたでしょう。お前はずっと俺を恨んでいるんだって」

「同時に愛してくれていると思っていたよ。僕がそうであるように」

「私はずっと大きな錯覚をしていたの」

　美帆は下ろしていた手をテーブルの上で組んだ。

「あなたと縒りを戻してからの二年間、私はずっと思ってた。昔はあんなにあなたのことを愛していたのに、いまはもう愛せなくなった。どうしてなんだろうって。ほんとうに最近までそう思っていたの。それがやっとそうじゃないって分かった」

　そして、美帆は一つ息を整えた。

「私はこれまであなたを愛していると錯覚していたけど、本当は一度も愛したことなんてなかったんだって。私はあなたに、ただ傷つけられてきただけなんだって。そしたらね、いろんなことが見えてきたの。私はあなたと一緒にいると、小さく心が死んでいくの。ああ、あなたのわがままや欲望に自分の心の肌が少しずつ傷つけられていくの。ああ、あなたと初めて付き合った二十歳の誕生日からの十五年間、私はそうやってどんどんどんどん自分の誇りのようなものをあなたに奪われてきたんだなあって。そのことにやっと気づいたの」

「最低だな」

　丈二が言った。

「自分だけが一方的な被害者ってわけか」

「そうよ、その通り。だから今度はあなたが重い罰を受ける番なのよ」

「冗談じゃない。きみは明らかに精神病だ。一刻も早く病院にいくべきだね」

「だからそれでもいいって言っているでしょう。私はあなたが一番大切にしているもののどちらかを奪うことに決めたの」

「どちらかってどういう意味だよ」

「そんなの分かりきっているじゃない。一つはあなたの政治家になりたいという夢。そしてもう一つはあなたの母親の幸福。あなたは今日この場でその二つのうちの一つを諦《あきら》めなくちゃいけない。私を捨てればあなたの夢が、私と結婚すればあなたの母親の幸福が失われる。選ぶのはあなたよ」

「もううんざりだ」

丈二が立ち上がった。これでは埒《らち》が明かないと判断したのだろう。当然のことだった。だが一度幕が開いた舞台から立ち去ることなど彼には許されない。

「逃げる気」

美帆も立ち上がる。

「気違いと幾ら話したって無駄なだけだ」

吐き捨てるように丈二が言った。

「もう二度ときみの顔は見たくない」

陳腐《ちんぷ》な捨て台詞《ぜりふ》だと美帆は思う。

玄関へと向かおうとする丈二の前に彼女は立ちふさがった。

「ちゃんとした返事をくれるまで帰さないわ」

大袈裟に両手を広げ、通せん坊の恰好をした。

「どいてくれないか」

憤怒《ふんぬ》を抑えた口調で丈二が言う。

「あなたのお母さんは、あなたの思っているような女じゃない。あいつは性悪よ。あなたの父親も騙《だま》されてるだけ。早く目を覚ましなさいよ」

「もういい。そんなくだらない妄想に付き合っているひまはないんだ」

そこで美帆は突然のように声を荒らげた。「あかり」で飲んだ晩の優司の怒声を思い出しながら精一杯に怒鳴りあげた。

「朝鮮人の子が偉そうな顔すんじゃないわよ。日本人でもない女にどうしてこの私があれこれ言われなくちゃいけないのよ、このマザコン」

頰に激しい痛みが走った。

耳の奥にまで響く派手な音が聞こえた。

「これ以上、お袋の悪口を言うな」

丈二が大声を出した。やはり男の声は桁違《けたちが》いだ。

美帆は張られた左の頬を押さえ、怒りに歪《ゆが》む丈二の顔を見据えた。

「あんた、女を殴ってただで済むと思ってんの」

腹の底からいま一度声を絞《しぼ》り出した。

「甘えてんじゃないわよー」

美帆は頭から丈二に突っ込んでいった。丈二の胸の骨に自分の頭頂部が激しくぶつかるのが分かる。相手が一歩あとずさった。

直後、ものすごい力が襲ってきた。

一瞬で、美帆は後方に弾《はじ》き飛ばされていた。後ろにたたらを踏むまでもなかった。全身が宙に浮いてそのまま尻から床に落ちていた。激しい衝撃と痺《しび》れるような痛みが腰から背中へと突き抜けた。

すぐさま美帆は立ち上がった。ここで怯《ひる》むわけにはいかない。怒りを喚起し、黒川丈二という男のすべてを身をもって否定するのだ。

「殺してやる。あんたなんか殺してやる」

壁の書棚の中段にあった陶製の置時計を摑んだ。ひらべったいミントンの時計だった。それを右手に振りかざして、仁王立ちになっている丈二へと突進していった。目をつぶり、彼の頭めがけて全力で右腕を振り下ろす。ゴツンという鈍い音としたたかな手ごたえがあった。

「何するんだ、この野郎」

獣のような叫びが上がる。美帆は時計を床に捨て、そのまま肩の辺りをおさえている丈二に食らいついていった。彼の顔や首を手当たり次第に引っ掻《か》き、腹や胸を渾身《こんしん》の力を込めて殴りつける。

人間をこんなに本気で殴ったのは初めてだった。

だが、それもものの数秒のことだった。最初とは比べものにならないほどの力で、美帆は吹き飛ばされた。

壁に並んだ書棚の一つに身体ごと打ちつけられた。書棚が揺れ、うずくまった美帆の上に本や雑誌が降ってきた。

必死で立ち上がろうとした。この程度ではきっとまだ足りない。リリコのようにもっともっと殴られるのだ。

だが、立てなかった。どこかの関節を痛めたのかもしれない。足に力がどうしても入らなかった。

丈二が歩み寄ってくる。美帆はかろうじてよつんばいになった。首を起こして近づく丈二を犬のような恰好で見上げた。

「来るな」

一喝した。

丈二は蔑《さげす》んだ瞳で一瞥《いちべつ》をくれたあと踵《きびす》を返した。出て行くまでの後ろ姿を目で追うことはできなかった。ドアが荒々しく閉じられた音を聞いて、美帆はふたたび床にくずおれてしまった。

しばらく背を丸めていた。身体の節々がじんじんしていた。呼吸を整えて各所を動かしていく。首も腕も足も十本の指も決定的なダメージは受けていないようだった。美帆はゆるゆると立ち上がり、窓のそばのソファまで歩いて、静かに身を投げた。ソファに仰向《あおむ》けに寝そべり両手を下腹に置いた。

レースのカーテン越しにほのかな明かりが射《さ》し込んでいた。今日は日曜日だった。壁の掛け時計を見るとまだ七時を過ぎたばかりだ。表参道は人で一杯だろう。通りの店々のショーウィンドーには、贅《ぜい》を凝《こ》らしたクリスマスの飾り付けが施されていた。

丈二が今日という日を選んだのは、何となく分かる気がした。あと十日もすればクリスマスイブだ。そのイブを心おきなく桐山春奈と祝うためには、今日が別れ話を持ち込むぎりぎりのタイミングだと判断したのだ。もう彼の中には、そのイブが美帆の三十五回目の誕生日であり、二人が付き合い始めて十五年目の記念日だという思いは一片すらなかった。そのことが今夜、丈二と会ってみてはっきりと分かった。
十五分ほど寝そべっていたが下腹部に期待していた違和感は生まれなかった。
美帆は目を閉じる。
ちくしょう、ちくしょう、ちくしょう……。
目を瞑《つむ》った途端にみるみる涙があふれてきた。美帆は両手で自分の腹を殴りつける。
泣きながら何度も何度も殴りつづけた。
美帆は、この世に生まれてきたことをずっと呪《のろ》いつづけてきた。
そしていま、女として生まれてきた自分が無性に許せなかった。

## スプーン

スプーンは真っ白な猫だった。

弟の正也が一歳になった年に父が知り合いから貰《もら》ってきた。美帆が小学校に上がる一年前のことだった。まだ生後二ヵ月ほどの仔猫《こねこ》だった。キャットフードをなかなか食べなくて、美帆がスプーンにフードをすくって口許《くちもと》まで近づけたところ、やっと食べてくれた。それでスプーンという名前になった。雑種のメスだったが、穏やかで優しかった。大きな瞳《ひとみ》は青みがかっていて、じっと見つめられていると不思議な心地になった。美帆が沈んでいたりすれば、そばに寄り添ってそっと見守ってくれるような猫だった。美帆も正也もスプーンのことが大好きだった。

小学校五年の春、植皮手術を受けた美帆が無事退院し、自宅で一週間ほどの休みを取っているとき、早苗がスプーンをベランダから投げた。美帆はちょうど庭に出て日向《ひなた》ぼっこをしていた。スプーンの悲鳴が頭上から聞こえて、顔を上向けた。ふだんはそんな大声を出す猫ではなかった。スプーンを両手に抱《かか》えた母がちょうど手すりから身を乗り出すところだった。

早苗はまるでサッカー選手のスローインのようにスプーンを放った。スプーンは声も出せずに、見上げる美帆の頭をはるかに越えて、当時庭の中央に掘られていた池のすぐ近くまで飛んでいった。そして、池の縁石に半身の体勢で打ちつけられ、左後ろ足に大怪我《おおけが》を負ったのだった。

それからは、その瞬間の光景が頻繁《ひんぱん》に夢に出てくるようになった。しかも現実とは違って、夢の中のスプーンは、庭の芝生に座り込んでいる美帆の頭上めがけて全身をばたつかせ、金切り声を上げながら真っ逆さまに落ちてきて、目の前の地面にしたたかに叩《たた》きつけられた。

そのたびに美帆ははっとしてベッドから跳ね起きねばならなかった。

それでもスプーンは力強く生きた。彼女が亡くなったのは正也が東京の大学に進学する直前だった。

もう二度と母に心を許すことなく、スプーンはその後、実に十三年の長い歳月を見事に生き抜いたのだった。

## 龍の心

二〇〇六年八月、高校二年の夏休み。

美帆は吹奏楽部に所属していた。連日登校して、他の部員と共に練習に励んでいた。文化祭での演奏会が九月に迫《せま》っていた。美帆の扱っていた楽器はクラリネット。本当はサックスかコルネットを吹きたかったのだが、入部のときの抽選で負けてしまった。

あと数日で休みが終わるという日だった。

音楽室で練習していると、何やら外が騒がしくなった。演奏を止《や》め、部員の一人が偵察に行った。「誰かが屋上のフェンスを越えて、飛び降りようとしている」という報告で、全員が楽器を放り出して校庭に飛び出した。

朝礼台の周辺に大勢の人間が群《むら》がっていた。登校していた生徒たち数十人のほかに教師も幾人《いくにん》か混ざっていた。みんなが真上に顔を向けていた。まだ警察は来ていなかった。

制服姿の女子生徒が一人、屋上のへりに立っていた。

美帆は野次馬たちとはすこし離れた場所から彼女の姿を見た。

「あれ、三年の山口《やまぐち》やろう」

という誰かの声が耳に届いた。山口と聞いても美帆にはピンとこなかった。

大きくてがっちりした木製の朝礼台の手前にいるのは美帆一人で、他の人々は台の向こう側、校舎寄りに陣取っていた。そちらからの方が女子生徒の様子がよく見えたのだ。

美帆が到着して、山口さんが身を投げるまでには三十秒もなかった。

彼女はあっさりと虚空《こくう》に舞った。

風に乗ったわけでもないだろうが、ダイブした身体は想像以上に遠くまで飛んだ。真っ青な空を背景に、すーっと大きな弧を描いて群集の頭を越え、山口さんは美帆の目の前に落下してきた。

物凄《ものすご》い音と地響きとが立った。

美帆は墜落するまでのわずかな時間に、数歩後ずさっていた。が、それでも大音響と風圧のようなもので地面に尻餅《しりもち》をついた。

山口さんの身体が朝礼台の天板に衝突し、一度小さくバウンドするのが見えた。

美帆は声も出せなかった。周囲では何十人分もの甲高《かんだか》い悲鳴が一斉に湧《わ》き上がった。

山口さんは病院に搬送された。救急車が到着したときはまだ息があったという。

彼女が亡くなったのは翌日の昼だった。

美帆は意識が朦朧《もうろう》としてしまい、友人に保健室へ運ばれたので、あとのことは一切見ていなかった。

仲間優司が川土手から濁流へと落ちていく光景。

スプーンが美帆めがけて落下してくる光景。

身を投げた女生徒が目の前の朝礼台に叩きつけられる光景。

保健室のベッドに横たわっている時間、この三つの光景がきれいに重なり合った。それは、三つの錠《じょう》のついたドアが、ようやく手に入れた三本の鍵《かぎ》で、いま初めて開かれたような感じだった。ずっとずっと封印してきた記憶が、ドアの向こうからねっとりとせり出してきた。

死にたいと思った。

保健室を出て、吹奏楽部の仲間たち二人に付き添われて帰宅したときは、絶対に死のうと決めていた。自分はとても冷静だと思った。必要なのは、今日の午後に取り戻した記憶の細部をより正確に思い出すことだけだった。誤解ないしは錯覚に基づいて自殺するのはあまりに馬鹿《ばか》げている。

数日を費やして思い出せるだけ思い出し、それから幾つかの身辺整理を行なって死ぬつもりだった。方法は決まっていた。どこか高いところから飛び降りるのだ。

あの母のように……。


その日は、自殺決行日の前日だった。

学校が終わると、美帆は片瀬駅前の福岡銀行で預金を全額引き出し、福岡行きの西鉄《にしてつ》電車に乗った。天神《てんじん》のデパートで買いたいものがあったし、一度行ってみたかった大名《だいみょう》の人気の美容室で髪を整えたかった。カリスマモデルの巻き髪が大ブームとなり、美帆もロングヘアをいかして、毛先を内側にゆるくカールさせる「エビちゃん巻き」を試してみたいと思っていたのだった。

下着や洋服を買い、髪を切って西鉄福岡駅に戻った。時刻は六時を回り、土曜日夕方の天神界隈《かいわい》はたくさんの人々で混雑していた。

明日の計画はすでに立ててあった。今日買った下着と服を身に着けて、午前中に家を出る。母には部活の友だちと新町の楽器店に行くとでも言えばいい。

昼過ぎには、宮川町《みやがわ》の県営団地に着く。何度かの下見で目星をつけた場所だ。

団地の中央にある十二階建ての十号棟に入る。屋上に通ずるドアは締切りだったが、最上階までのぼれる外階段がついている。この外階段の柵《さく》は美帆の胸の高さ程度だった。十二階の踊り場で靴を脱ぎ、服と一緒に買ったピンクの帯締めで足を縛って、そのまま腕《うで》力《ぢから》で上半身を柵の外へ乗り出す。弾みをつけて頭からまっ逆さまに落下していく。そうすればアスファルトの地面に激突した瞬間に即死するだろう。

帰りの電車は意外に空《す》いていた。ベンチシート型の座席に座り、デパートの紙袋を膝《ひざ》に置いて、暮れなずむ景色を車窓越しに眺める。もう自分の心はこの世界にないような気がした。目に映るものすべてが現実味を薄くしていた。それはとても軽やかで心地よい感覚だった。

死ぬことなんて簡単だ、と美帆は思った。

自分は明日、何のためらいもなく飛ぶことができるだろう。

そう確信した。

三つ目の駅に停まったとき、一人の少年が電車に乗ってきて、美帆の正面に座った。

一目見て、仲間優司だと分かった。

優司もすぐに美帆に気づいた。席を立ち、網棚に載せていた柔道着を取ると、美帆の目の前に来てつり革に片手を掛けた。

「何やその髪型は」

二年ぶりの再会にもかかわらず、ぶっきらぼうに言う。

「エビちゃん巻き」

「巻物ならおかっぱたい」

優司が言った。美帆が何も返事をしないと、

「小柳には全然似合わんな」

さらに追い討ちをかけてきた。

「座ったら」

美帆は言った。右隣が空いていた。

「よか」

それからしばらく口をきかなかった。美帆は優司を見上げた。中学時代は背が高い印象

があったが、いまはさほどでもなかった。高校に入ってそんなに伸びなかったのかもしれない。身体つきは見違えるようだった。肩や胸の辺り、腰部《ようぶ》などががっしりとしていた。もうほとんど大人の身体に近かった。髪型はあまり変わっていない。大きな瞳と高い鼻が印象的な顔にも変化はない。ただ、こうして見ていると優司はなかなかの美男子だった。そんなふうに感じたのは今日が初めてだった。

五つ目の駅で、

「小柳、降りるぞ」

と優司が急に言った。

「え」

美帆はきょとんとしてしまった。

「早よせい」

優司の腕が伸びてきて二の腕を摑《つか》まれた。あれよという間に立たされていた。膝から落ちそうになった紙袋を慌《あわ》てて持った。

そのまま電車を降りた。「川尻《かわじり》」駅だった。「片瀬」まではまだだいぶある。

優司は手を離すと、黙って駅の階段に向かって歩き出す。美帆がついてくるのが当然という様子だった。

「ラーメンでも食うか」

駅を出ると、優司が言った。柔道着を縛った帯と薄い学生カバンの取っ手を一緒に握り込んで肩に担《かつ》いでいた。帯は黒帯だった。

南口を出て十分ほど歩いたところにあるラーメン屋に入った。優司はちょくちょく通っているらしく、店の大将とも顔馴染《かおなじ》みのようだった。優司に勧められてチャーシューメンを注文した。

優司はカウンターの下の棚に置いた柔道着がはみ出しているのが気になるらしく、何度も両腕で奥に押し込んでいた。半袖《はんそで》のシャツから剝《む》き出しの上腕は以前よりさらに太く逞《たくま》しくなっていた。

「仲間君、柔道うまいの」

五分ほどで届いたチャーシューメンを並んで食べながら訊《たず》ねた。

「もしかしたら柔道で大学行けるかもしれん」

優司はそう言って少し照れた顔になった。

「じゃあ、うまいんだ」

「あのなあ、柔道は上手《うま》い下手やないとばい」

「じゃあ、何て言えばいいの」

「強いか、弱いかたい」

「じゃあ、仲間君、強いんだ」

「俺は強か。試合で負けたことがなか」

これは別に照れるでもなくあっさり言った。

優司は瞬《また》く間に食べ終わり、替え玉を頼んだ。

「隣のえらい別嬪《べっぴん》さんも替え玉いらんね。サービスしとくばい」

優司のどんぶりに替え玉を放り込んでいた大将が話しかけてきた。

「じゃあ、もうちょっとしたら硬麺《かためん》でお願いします」

美帆は笑顔を浮かべてみせた。

「了解」

大将は言って、美帆たちの前から離れていった。

「仲間君はいいね。自分に自信が持てるものがあって」

美帆は言った。

「小柳にもあるやろ」

「私なんて何もないよ」

「小柳は頭がよかやないか」

「それはね、塾とか行って一生懸命勉強してるから。それだけ」

「そいでも勉強ができることに変わりはなか」

優司は豪快な音を立てて麺をすすっていく。

美帆のどんぶりに入った替え玉も半分は優司の方に回した。

「仲間君、私、ほんとうは貰いっ子なんだよ」

箸《はし》を置いて美帆は言った。スープもきれいに飲み干した優司は、水差しから何度も氷水を注いでがぶ飲みしていた。

「知っとるよ」

意外な言葉が返ってきた。

「何で？」

訊《き》き返す。

「だいぶ前、小柳先生に聞いた」

「いつ？」

「忘れた」

面倒くさそうに言う。

店を出て駅の方角へ歩いた。時刻は七時になるところだった。どうして優司がわざわざ途中下車させてまで強引に自分を誘ったのかが美帆にはよく分からなかった。

「仲間君、この近所に住んでるの」

「北口からちょっと行ったとこの団地」

優司の通っている高校が博多南工業であることはカバンの校章で分かっていた。駅ビルが見えてきたあたりで、美帆は、

「仲間君、どうしてあんなこと言ったの」

迷った末に訊いた。どうせ明日には死んでしまうのだ、と思うと迷いが消えた。

「あんなことて何ね」

優司はすぐには思い出せないふうだった。

「だから、三年前の夏、市民病院で私に言ったこと」

尚も優司は無反応だった。

「仲間君、憶《おぼ》えてないの」

やはりあれはうわごとだったということか。美帆は拍子《ひょうし》抜けした気分だった。

「憶えとる」

ぼそりと優司は言った。

「やけど、なしてそげん理由なんか知りたいとか」

その一言に、美帆は何だか自分が小馬鹿《こばか》にされたような気がした。人が、死の前日に口にする問いかけに理由なんているものか、と思った。小柳のためならいつでも死んでやると言ったのは優司の方だ。だったら、明日死んでしまう自分に対して、あの約束をどうやって果たすつもりなんだ、と詰め寄ってみたくなった。

美帆は先月亡くなった女子生徒のことを話し、さらに、

「私は芝生の上に寝そべっているの。薄曇りの空が広がっていて、自分がどうしてこんなところに寝そべっているのか不思議な気持ちでいるの。身体中がじんじんして、でも全然痛みはないの。そしたら、空から大きな黒い固まりのようなものが降ってくるの。まるで私に向かってくるみたいに。その固まりがだんだん人の形になって、気づいたら物凄い地響きがして、ほんのすぐそば、私から一メートルも離れていない場所に落ちたの。気味の悪い何かお茶碗《ちゃわん》が割れるみたいな音が聞こえて、真っ赤なものや白いゼリーみたいなものがさーっと私の顔に降りかかってきた」

この三週間くらいで少しずつ思い出した記憶についても優司に語った。

「あの山口さんという三年生が、朝礼台に墜落したとき、私はその小さいときの記憶を取り戻したの。ああ、おかあさんは、私の目の前で飛び降りて死んだんだって。おかあさんのことなんて何一つ憶えてなかった。顔も声も姿も何にも憶えてなかった。毎日鏡を見る

たびに、自分の顔を眺めながら、どんな人だったんだろうって考えてた。それが、あのとき、はっきりと思い出したの。おかあさんは私にとても似ていて、いつも哀《かな》しそうな顔ばかりしていて、そして、幼かった私を置き去りにして飛び降り自殺してしまったんだって」

優司は黙って聞いていた。駅前に着いたが構内には入らず、ロータリーの隅《すみ》に置かれたベンチに美帆を誘った。美帆は座ってからも喋《しゃべ》り続けていた。改札口から吐き出された大勢の人たちが二人のそばを通り過ぎていく。

「そうやって本当のおかあさんのことを思い出した瞬間、思ったの。もうこれ以上、絶対生きてなんてやるもんかって」

美帆はある一つのことを除いて、洗いざらい優司に話していた。自分の生い立ちや家族に関して——俊彦が浮気を繰り返していること、早苗がスプーンをベランダから投げたこと、あの片瀬川での事故以来、正也が父親を決して許さないことなどなど。自分でもどうしてそんなことまで明かしているのかよく分からなかった。

「小柳、死ぬんはそげん大したことやなかぞ」

改札の方を眺めやりながら、優司はさらりと言った。

「俺は、あんとき死にかけたけん、ちょこっとだけ分かっとる」

彼は顔を美帆に向けた。

「死ぬのはいっちょん苦しくなか。寝るのと大して変わらんばい」

優司の目が真剣な色を帯びているのに美帆は気づいた。

「それに、きっとまた目が覚めてしまうと」

「目が覚めてしまうって?」

美帆には優司の言っていることがよく理解できなかった。

「俺は死んだと思ったら、目が覚めとった」

そんなの当たり前だろう、と美帆は思う。優司は死ななかった。

「目が覚めたって?」

もう一度同じ質問を繰り返した。

「はっきりとは憶えとらんけど、俺は龍になっとった」

「龍?」

優司が頷《うなず》く。

「龍って、あの蛇みたいな龍?」

「龍は蛇やない」

優司の声がきつくなった。

美帆は奇妙なことを突然言い出した優司をじっと見た。

「どうして龍になったって思ったの。自分の身体が見えたの」

ひどく突飛な話だったが、なぜか嘘《うそ》や妄想のたぐいだとは思わなかった。

「目ば覚ました瞬間に俺の心が教えてくれたと。うまく言えんけど、俺は龍の心になっとった」

「龍の心？」

「うん」

優司は大きな瞳を見開いて、こくりと頷いてみせた。その素直な反応になぜだか美帆の胸は熱くなった。

「小柳」

優司は言った。

「俺はあんとき、魂っていうんは固まりやないんやって分かった気がすると。何か知らんけど、魂は心の真ん中にドカンとあるんやなくて、心の一粒一粒に入っとると。俺の心にも小さか魂がいっぱい詰まっとった。そいが、龍のごとあった。溺《おぼ》れて意識がなくなった途端、その小さか龍が一個一個の心の粒から飛び出して、でかい一匹の龍になった。俺らがふだん魂に気づけんとは、そげんして魂が小さくなって心の中に散らばっとるけんたい。俺にとって死ぬていうのは、心にちりばめられとった龍が、大きな一匹の龍になることやった気がする」

優司はいかにも懐《なつ》かしそうな表情になっていた。美帆にはやっぱり彼の言っていることはよく分からなかった。龍の心。心の龍。ずいぶんカッコいい話だと思った。ただ、龍というのは仲間優司にはいかにもふさわしいもののように感じられた。

しかし、どうして龍なのだろうか？

「小柳」

ふたたび優司が名前を呼んだ。

「ちゃんと生きれんやつは、ちゃんとも死ねん。生き死には一つやろ。いまのお前は、龍にはなれんばい。死にたいなんて言うやつは絶対大したもんにはなれん」

美帆は優司の目を見返した。私だって全部を打ち明けたわけじゃないと思った。

「だったら、いまの私は何にだったらなれるっていうの」

口をわざと尖《とが》らせて言い返した。

優司はしばし考える表情になった。

「まあ、せいぜいネズミかウサギくらいやろ」

やがて彼は言って、にやりと笑ってみせたのだった。

# 正月

片瀬駅はＪＲと西鉄が乗り入れている大きな駅だった。新町はこの片瀬駅を取り囲むように広がっていて、南口側が一、二丁目、北口側が三〜五丁目となっていた。どちらにも大きな商店街があるが、より繁華なのは「あかり」がある南口方面だった。

二〇二五年の年明け、「片瀬駅北口」でバスを降りると、美帆は正面に見える新町北商店街へと入っていった。三が日が明けたといってもシャッターを閉めた店も多かった。人通りもまばらだった。都会では初売りがおおかた二日、元日から営業している店もたくさんある。

閑散とした商店街を歩きながら、東京とこの田舎町《いなかまち》とでは時間の流れそのものが異なるのだと実感していた。

「焼鳥の富士本」は商店街のアーケードを五十メートルほど進んだ左手にあった。間口二間ほどの小さな店だった。二階建てのしもた屋ふうの作りだが、一階が店舗、二階が優司の住まいだとかすみに聞いていた。店の扉には「六日から営業します」と書かれた貼《は》り紙があった。

美帆は時間を確認した。午後一時半。優司が在宅しているといいのだが。

チャイムを探したが見つからなかった。といって店の入口以外には出入り口はなさそうだった。

美帆は仕方なく、店の引き戸を叩いた。叩きながら「仲間くーん」と優司を呼んだ。

人気がないといっても時折は誰かが通りすぎる。最初は遠慮がちに叩いていたが、一向に返事がなかった。途中からかなり力を込めて叩いた。声も高くした。

五分ほどして店の明かりが灯った。黒い影が近づき、すぐに戸が内側から開かれた。

「あけましておめでとう」

美帆が言う。優司の方はもそっとした風情《ふぜい》で美帆を見ていた。およそ正月気分とはかけはなれたたたずまいだった。

「寝てたの？」

「どうしたと？」

優司は不思議そうな声を出す。

「今年は帰ってきたから、東京に戻る前に仲間君にも会っていこうと思ったの」

昨年の正月はイタリアに行っていた。その埋め合わせにと春のお彼岸に帰省して、十八年ぶりに優司と再会した。

「入れてくれる？　寒いんだけど」

美帆が言うと、

「汚れとるばってん」

と言いながら優司は慌てて戸を大きく開けた。

美帆は老松町のスーパーで揃《そろ》えてきた食材を右手に提《さ》げて、店内に足を踏み入れた。

ふくらんだレジ袋に気づいて、優司が荷物を引き取る。

「どうせお雑煮も食べてないんでしょ」

美帆が言うと、

「雑煮かあ」

と呟《つぶや》く。やっぱり寝起きのようだった。こんな優司を見るのは初めてだった。

「食べさせてあげようと思って材料買ってきたの。キッチンは上にもあるの？」

優司は無言で首を横に振る。

「冷蔵庫も」

今度は頷いた。

美帆はため息をついて、レジ袋を取り戻すと、カウンターの中へ入っていった。焼き台の横の調理スペースに買ってきたものを並べて、肉や魚、野菜などを大きな業務用の冷蔵庫にしまっていった。

十坪足らずの小さな店だった。

入ってすぐ右側にカウンター。席数は八。カウンターの向こうが変形のテーブル席。テーブルを囲む席数が十三。合計二十人ほどが入れば満員の店だった。席数は絞《しぼ》って、客の回転率を上げることで儲《もう》けを出す。焼き鳥屋の鉄則だった。

繁盛《はんじょう》店だとかすみは言っていたが、中に入った途端に、美帆もそう感じた。長年の取材経験で流行店の持つ雰囲気は知悉《ちしつ》していた。その雰囲気が「焼鳥の富士本」にもはっきりとあった。

「仲間君、カツ丼《どん》は好き？」

入口に突っ立っている優司に訊く。

「うん」

「じゃあ、お雑煮とカツ丼作ってあげる」

「ちょっと二階に上がってお茶でも飲まんね」

優司は困惑した顔つきで言った。

二階には三つ部屋があった。入口の左にある階段をのぼると、前後に二間つづきの和室。つきあたりが風呂と洗面所、トイレ。その右にもう一つドアがあるので、おそらくそこが三つ目の部屋だと美帆は思った。とにかく全体が古びていた。築二十年は優に越えていよう。一階を店舗スペースにしたため慌てて二階に水回りを持ってきたのだ。もともとは普通の家屋だったに違いなかった。

手前の八畳ほどの和室に通された。畳を覆《おお》うように灰色のカーペットが敷かれ、中央に炬燵《こたつ》が据えてあった。窓はアーケードに面した壁と右の壁とにあった。どちらも磨《すり》ガラスが嵌《はま》っているので外の景色はまったく分からない。炬燵の他には旧式のテレビと茶簞笥《ちゃだんす》しかなかった。茶簞笥の上には電気ポットが置かれていた。

目につくものと言えば、あとは巨大なトラバサミのようなものが壁に掛けられているくらいだった。

優司が茶簞笥からお茶の道具を出して、日本茶を淹《い》れてくれた。

湯飲みを二つ持って美帆の座る炬燵までやって来る。彼は窓の一枚を背負って斜向《はすむ》かいに腰を下ろした。そこが定位置なのだろう。

「侘住《わびず》まいとはこのことね」

美帆はそう言ってからお茶をすすった。

「おいしいね」

思わず呟いた。茶簞笥の上で何気なく淹れていたのだが、一服すると香りが口の中に広がった。とろりとした舌触りが味を引き立てている。こんなにおいしいお茶は久しぶりだと思った。

「どこのお茶」

優司は茶簞笥の茶筒を見て、

「これは八女《やめ》やな」

と言った。

お茶一杯で彩《いろど》りのない殺風景な部屋がすこし温かくなった気がした。

優司は黙ってお茶を飲んでいる。上は厚手のトレーナー、下はくたびれたジーンズ。いまの彼はどこから見ても、焼き鳥屋のおやじといった風情だった。

お茶をすする音だけがしばらくつづいた。そうやって黙り込んでいても気詰まりではなかった。

「あれは何」

美帆が壁に掛けてある白い物体を指差した。優司が首を回した。

「あれはホオジロザメの顎《あご》や」

たしかにトラバサミのようなそれは、巨大な魚の顎のようだった。大きく開いた口は上下とも鋭い歯でびっしり埋まっていた。

「どうしたの、あれ」

「マグロ船に乗っとるとき、あいつに噛《か》みつかれた」

優司は事も無げに言った。

「揚げ縄んときようサメがかかってくると。あいつも甲板でずたずたに殺したつもりやったんやけど、神経が生きとったんやろな、ぐちゃぐちゃ血まみれの身体で突然、俺に食いついてきたとさ。長靴の上からやったけん大したことなかったけど、下手すりゃ足ば食いちぎられとるとこやった」

優司は言うと、炬燵から右足を出して、ジーンズの裾《すそ》をたくし上げた。

「見てみい」

筋肉が盛り上がったふくらはぎには、何かに噛まれたような歯形がくっきりと残っていた。

「こんときは食いつかれただけやなくて、ちょうど横たくりの波ば食らって、俺一人海に放り出されたと。延縄《はえなわ》のブイに何とか摑まって、仲間の投げてくれた命綱で引き揚げてもろうた。あいつのせいで危うく死ぬところやった」

優司は顔を上げて、もう一度壁のホオジロザメを見た。

「そいで、顎ば切り取って持って帰ったと。船の中で毎日やすりで磨いて、あげんぴかぴかにしてやった」

「だけど……」

大したことなかったといっても、この傷からして大怪我だったはずだ。

「こんな怪我して、そのあとも働いたの」

「マグロ船で身体動かせんようになったら、人間扱いしてもらえんごとなる。その場で漁労長に傷口ば縫《ぬ》うてもらって、ペニシリン打って、次の日にはもう甲板に出とった。二年近くも航海しとったら、誰やって一度はそれくらいの怪我はしよる。そいでも死なんだけましやった」

浅草で一緒に食事をしたとき「航海中に二人死んだ」と優司が言っていたのを美帆はまざまざと思い出していた。

「すごい体験ね」

それくらいしか言いようがなかった。

優司は立ち上がって、お湯を入れた急須《きゅうす》を持ってきた。双方の湯飲みにお茶を注ぎ、

「どうやろうな」

と遠くを見るような表情になった。

「ときどき思い出して、懐かしくなったりする？」

美帆が訊く。

「懐かしいことはなかけど、あんときの俺はちゃんと生きとった気がする」

優司は言った。

お雑煮とカツ丼を作って食べさせた。家で時間をかけて取った出汁《だし》をポットに詰めてきたので、どちらもあっという間にできあがった。

「うまか」

と言って優司は食べた。男が自分の作った物をがつがつ食べるのを見るのは楽しい。

「リリコちゃんは元気にしてる？」

カツを頬張《ほおば》っている優司に訊く。

「高知市内のスナックでバイトしよる。早く帰りたいて毎晩かすみ相手に愚痴《ぐち》こぼしよるみたいや」

リリコが高知に行ったのは十一月半《なか》ばのことだった。あの一件のあと、リリコはかすみの店の二階に匿《かくま》われていたが、一度は優司の説得に応じたかに見えた研一が、一週間もするとまた「あかり」に押しかけてきた。かすみはすぐに優司を呼んだ。結局、店の中で大喧嘩《おおげんか》となり、研一が優司の頭をビール瓶で殴って、警察が来る騒ぎになったのだった。

かすみによれば、優司はふだんのような獰猛《どうもう》さを発揮しなかったという。「やっぱり研ちゃんのことが可愛《かわい》いのかなあ」と彼女は不思議そうにしていたが、美帆は、あの隅田公園での一件が影響している気がした。

結局、優司の言うとおり美帆たちに捜査の手が及んでくることはなかった。が、一度は一命を取り留めたと伝えられた少年も亡くなり、死者の数は三名となった。逮捕された海江田容疑者への同情論もその犠牲者たちの前に次第にかすんでいった。とくに海江田が元暴力団員だという事実が報じられたことで、世論の流れは一気に変わってしまったのだ。

「あかり」での乱闘騒動のあと、優司はリリコを高知に住む知り合いのもとへ送った。優司が被害届を出さなかったので研一はすぐに釈放された。いつまたリリコを探しに来るか分からなかった。

その研一に逮捕状が出たのは、年の暮れのことだった。

「研一さんはまだ捕まってないんでしょ」

優司が頷く。

「まさか高飛びしたわけもないいんやろうが」

箸を止めて浮かない顔つきになった。

「あいつは俺がサツにタレこんだと思い込んどるやろ」

美帆は一連の経緯をかすみから聞いていた。研一が釈放されたあと、かすみが電話してきて、しばらくリリコを東京で預かってくれないかと言ってきたのだ。美帆は一旦《いったん》は引き受けたのだが、あとになって優司が割って入り、リリコは高知行きと決まった。以来、たまにかすみとは連絡を取り合っていた。

「手っ取り早く金が欲しかったんやろが、馬鹿なやつや」

研一は昔の仲間とつるんで博多の大手建材会社の社長を恐喝《きょうかつ》したのだった。社長が脅《おど》しに屈せず警察に届けたため悪事が露見してしまった。仲間二人は逮捕されたが、研一は捜査員が家に踏み込む寸前に逃走した。

恐喝のネタはあったようだ。社長には二人の息子がいて、次男は跡取りとして本社で働いていたが、できの悪い長男はマニラ支店の支店長として出されていた。その長男がマニラの邸宅に十三歳の少女を監禁してさんざん玩具《おもちゃ》にしていた。日本人社会でも問題化し、マニラ市警も動いたが、長男は少女の両親にたっぷり金を握らせて事実を揉《も》み消そうとした。この話が研一のかつての組仲間のところへ回ってきた。さっそく組仲間の二人はマニラに飛び、少女の両親を丸め込んで証言ビデオを撮影し、またメイドを使って長男の屋敷に隠しカメラを仕掛け、彼が少女に行なっていた変態行為の一部始終を録画した。

そのビデオをネタに研一も含む三人で社長をゆすったのだった。

「被害者が警察に届け出たんでしょ」

美帆が言う。

「そうらしいな」

優司は何となくぼやけた物言いをした。

食器を片づけ、美帆は暇乞《いとまご》いをした。案の定、優司が車で老松まで送ってくれると言う。いつの間にか時刻は五時を回っている。外に出ると正月の空は冷たい闇《やみ》に染まり始めていた。車は店の裏手にとめてあった。助手席に座ると胴震いが出る。黒のレザーシートが冷え切っていた。優司がシートヒーターを入れた。

「どうしていつもサングラスしてるの。仲間君、もうやくざじゃないんでしょ」

美帆が言う。この真冬の夕暮れ時にサングラスは理解できなかった。

「腎臓ば刺されたあとから、どうかした拍子に視界が一瞬真っ白になって何も見えんようになると。特に昼間の太陽とか、夜の車のライトとかがいかん。これぱっかりは手術しても治らんかった。慶応の医者にも訊いたけど、原因はよう分からんて言われた」

「そうだったんだ」

「かすみが知り合いの漢方の先生に訊いてくれたら、腎臓と目はつながっとるらしか。たまにそげん症状の出ることがあるて言われた」

話しながら優司はゆっくりと車を出した。

老松まで三十分ほどかかった。

美帆の家のそばで車は止まった。

「今日はごちそうさん」

優司が言う。すぐ目の前に広い芝庭の大きな家がある。正也は昨日の夕方の便で帰っていった。美帆もあと三、四日で東京に戻るつもりだった。この広壮な家に母一人きりの暮らしはいかにも寂しかろう、とあらためて感じた。

エアコンが効《き》いた車内はすっかり温《ぬく》もっていた。

「仲間君、私、仲間君にどうしても頼みたいことがあるんだけど」

美帆は膝に置いたハンドバッグの取っ手をいじりながら言った。このためにわざわざ新町まで優司を訪ねたのだった。

「何ね」

優司がサングラスを外して美帆を見た。

「かすみさんから聞いたの。クスリを使ったセックスの話。私にも一度、そんなセックスを教えてくれないかな」

優司の眉《まゆ》がわずかに動いた。

「小柳、お前、シャブマンのこと言っとるとか。シャブマンがどういうもんか知っとるんか」

「知ってる。だから、こんなこと仲間君にしか頼めないでしょう」

さすがの優司も呆気《あっけ》に取られているようだった。

「本当に知っとるんか。シャブマンいうのは、覚醒剤《かくせいざい》ば使って男とセックスすることなんぞ」

「うん」

美帆はできるだけ感情を表に出さずに頷く。自分でも意外なほどに落ち着いていた。

「何でそげんことがしたいとか」

当然の質問だった。

「かすみさんもリリちゃんも、すごいって言ってた。女に生まれたからには私だって一生に一度くらい経験してみたいの」

優司の怪訝《けげん》な顔つきに変化は見られなかった。

「俺が訊いとるのは本当の理由たい」

美帆はすこし口を噤《つぐ》む。ため息をついて、視線をフロントガラスの先に向けた。寒々とした丸裸の木々が見えた。

「私ね、不感症なのよ。いままで一度もイッたことがないの」

ここで一気に喋るしかないと美帆は感じた。

「男の人はお金を出せば幾らでも気持ちいいことできるでしょう。でも、女はそうはいかない。それに女はたくさんの男と寝ても、それだけで気持ち良くなれるわけじゃない。同じ女でも、気が狂うほどの快感を得られる人もいれば、私みたいに全然感じられない女もいる。シャブマンをしてみて、もしも感じることができたら、私は自分の身体を見直してあげられる。それだけでも救いなのよ。だから一度、どうしても試してみたいの」

優司は腕を組んで美帆の話を聞いていた。いつの間にかサングラスをかけていた。

「シャブマンていうたって、上がる花火が六尺玉になるだけたい。花火はたかが花火よ」

ぼそりと言った。

「恥を忍んでこうして頼んでるの。お願い、一度だけ私として。明日のこの時間、ホテルに部屋を取ってから仲間君に電話する。そしたら来て。クスリはそれまでに用意しておいてね」

優司は長いこと黙っていた。

「お雑煮もカツ丼も食べたじゃない。仲間君、食い逃げするつもり？」

美帆が冗談めかして返事を催促した。そこでようやく、優司の頬がゆるんだ。

「そいで今日、俺のところにやって来たんか」

優司はサングラスのまま美帆をじっと見た。

「小柳、お前、何ば企《たくら》んどるんか。こげな法外な頼みでも、俺がハイハイ言うて聞いてくれると思うとったんか」

もとより優司がすんなり乗ってくるとは美帆も思ってはいなかった。

「別に何も企んでなんていないわ。仲間君がすぐにOKするとも思ってなかった」

「じゃあ、何でそげなことば言い出した」

「理由なんてない。このところいろんなことがあって、私ちょっとおかしいのよ。仲間君がノーだったら、誰か他の人を見つけて頼むことにする。自分をめちゃめちゃにできればそれでいいんだから」

「ふーん」

サングラスのせいで優司の表情はつかめない。

美帆は息を詰めて、その反応を窺《うかが》う。彼も所詮《しょせん》は一人の男だ。釣る気にならない魚でも他人の網に飛び込むと言われれば竿《さお》を引く程度のことはするかもしれない。まして誘っているのはこの私なのだ、と美帆は思っていた。

「よう分からん話やな」

優司は呟き、

「好きな男に捨てられて、捨て鉢ってか」

と言う。

「何とでも言ってもらっていいわ。どうせ仲間君には関係ないことだから」

美帆はそう言って、助手席のドアレバーに手をかけた。今日が無理ならば、まだ明日、明後日《あさって》と時間はあった。できれば優司にはこんな誘惑に乗って欲しくはなかった。もしも、彼がその気になってしまえば、そのときは丈二の肩代わりを優司がしなくてはならない羽目になる。

「それやったら一回だけやぞ」

ドアを開けて車から降りようとする美帆の背中に声がかかった。美帆はドアを閉めなおして優司の方を見た。

「そんかわり、いまからや」

「いまから？」

優司が頷く。

「肉の仕入れで、俺は明日からしばらく宮崎や。今日しか空いとらん。博多は無理やが久《く》留米《るめ》ならダチもおる。シャブはそいつに用意させる。今夜が駄目なら、こん話はなかったことにする」

優司は淡々と言う。

「分かったわ」

美帆は内心の落胆を隠して、承諾した。

西鉄久留米駅前に着いたのは午後七時。帰省ラッシュにぶつかることもなく、優司のベンツは九州自動車道を時速二百キロ近くで走りつづけた。猛スピードに美帆は助手席でずっと身を硬くしていた。

駅前の駐車場に車をとめ、優司は駅ビルの近くにある古びた喫茶店に入っていった。美帆は地面に足を降ろすことができてほっとしていた。席に座り、コーヒーを頼む。ウェートレスに注文を訊かれた優司は手を振って断った。すぐに席から立ち上がる。

「二十分くらい待っといてくれ」

そう言うと、店を出て行ってしまった。去り際《ぎわ》に美帆の耳元で、

「引き返すんならいまのうちやぞ」

と言った。

美帆は、パネルの写真に目を奪われていた。鉄格子《てつごうし》があって、壁や天井からはチェーンや拘束具らしきものがぶら下がっていた。奥にベッドが見え、手前には奇妙な形をした赤い椅子《いす》が据えつけられていた。

優司はさっさと鉄製のドアを開けた。美帆も後につづいた。

暗い階段だった。周囲の壁も階段も真っ赤に塗られていた。上がると右手にもう一枚ドアがあった。施錠されておらず、ノブを回すと簡単に開いた。狭い玄関があって、その向こうはパネルの写真で見たままの鉄格子の部屋だった。

「早よ上がらんか」

せかすように優司が言った。さらに尻《しり》を手で強く押された。急いでブーツを脱ごうとすると「そのまま上がればよか」と言われた。仕方なくブーツのまま鉄格子の扉を通って部屋に入った。今日の美帆は膝丈のスカートとカシミアのセーター、上にロングコートという地味ないでたちだった。

優司も靴のまま入ってきた。背後から美帆のコートを脱がせると、手荒く丸めて遠くのベッドに放った。最近買ったばかりのプラダのコートだった。

優司は黒のトレーナーを脱ぎ、その下のシャツも脱いで、上半身裸になった。美帆は素早い優司の行動に内心驚いていた。彼の裸体は素晴らしかった。発達した大胸筋が、腕を動かすたびに盛り上がった。腹筋は見事に六つに割れている。そして、背中にはあの一匹龍がとぐろを巻いていた。天井の蠟燭《ろうそく》型のランプの光が赤みを帯びているからだろうか、龍は血の色を濃くしていた。病室で見たときとはちがって不気味だった。

優司は紙袋から素焼きの皿と精製水のボトル、それに大きなハサミを取り出した。ジーンズのポケットからは慎重な手つきでビニールの小袋を出した。

カラオケの曲や食事を注文できるタッチパネルが置いてあるチェストに皿を載せ、小袋の端をハサミで丁寧に切って、白い粉を皿にあけた。そこへ精製水を、これも注意深い手つきで少しずつ注いでいく。美帆は手持ちぶさたで、優司のやることを黙って見ていた。

水を注ぐと薬指で粉と水とを混ぜ合わせ、二度ほど指をしゃぶって味見をする。

「よし」

終始無言だった優司が声を出し、背後の美帆の方へ振り返った。

「小柳、その椅子に座れ」

と言う。サングラスは部屋に入ってすぐに外していた。優司の大きな瞳が険《けわ》しさを加えている。

椅子は奇妙な構造をしていた。黒い支柱からブランコのようにチェーンで吊《つ》り下げられ、背板部分と座板部分とに分かれて、背板に二箇所、座板に二箇所チェーンが繋《つな》がれていた。背板はリクライニングチェアのような普通の形だったが、座板の方は正方形の板が凹形にくりぬかれていた。座れば局部が剝きだしになる形状だ。共にウレタン素材に真っ赤なビニールを張ったものだった。

　黒い台座からのびた支柱には他にも四本のチェーンが吊られていた。四本とも大小二種類の黒い革製のバンドが取り付けられていた。二つは手首を拘束するもので、あとの二つは足を拘束するもののようだった。

　美帆が訝《いぶか》しげに優司を見返すと、

「いいから早く座れや」

　と言う。

　美帆は支柱に両手を添えて、ゆっくりとその椅子に腰掛けた。ぐらぐらと揺れてまるでブランコだった。

　優司が近づき、美帆の両手首をベルトで拘束した。さらにスカートを捲《まく》り上げてふともを露出させると、ロングブーツの途切れたあたりに脚用のベルトを巻きつけ、かなりきつく絞って尾錠を留めた。

　優司の意図が摑めず、勝手にさせていたら、あっという間に身動きが取れなくなってしまった。が、まさかこのまま行為を始めるわけではないだろうと思った。服を着ているし、シャワーだって浴びていなかった。

だから、足元に移動した優司が美帆のストッキングをハサミで切り裂き始めたときは心底驚いた。

「ちょっとやめて。服くらい自分で脱ぐわ」

自分でも声がひどく慄《ふる》えているのが分かった。

優司の手が止まった。怒ったような顔が両膝のあいだから美帆を凝視していた。

「シャブマンやるとに裸になってどうすっとか。シャブが効いてきたら、暑さと興奮でお前の方からこのハサミば下さいて哀願するようになる」

優司は右手のハサミをゆらゆらさせ、蔑《さげす》むような笑みを浮かべていた。

「それ、どういうこと」

美帆は首だけ起こして優司を睨《にら》みつけた。

「この高そうな服ば、自分でずたずたに切り裂くったい。そいでなおさらお前は興奮すると」

優司はあっさり言うと作業を再開した。ブーツから上の部分のストッキングを完全に剝《は》ぎ取り、今度は美帆の下着に手をかけた。

「やめて、恥ずかしい」

美帆はあまりの成り行きに甲高い声を上げた。

手足をばたつかせて懸命に抵抗する。

「お前が、シャブマンやってくれて言うたんやろうが」

優司は一喝すると、美帆の腰をすごい力で押さえつけてきた。

「何すんのよ。ふざけないで！」

美帆は怒声で言い返す。だが優司は取り合いもせず、下着をつまむとそれをハサミで切断した。

その瞬間、美帆はショックで全身が硬直した。

「何や、小柳もう濡《ぬ》れとるやないか」

嘲笑《ちょうしょう》まじりの呆《あき》れた声が響く。

優司の指が躊躇《ちゅうちょ》なく膣《ちつ》の中に侵入してきた。

「ほら、ぬるぬるやぞ。不感症やなんて大嘘《おおうそ》かい」

「やめてー」

美帆の口から大声が上がった。羞恥心《しゅうちしん》で今度は全身が震え出していた。頬が火のように熱かった。

優司が太い指を出し入れするたびに、尾骶骨《びていこつ》のあたりから痺《しび》れるような快感が湧き上がってきた。美帆はそれを気取られぬようにと必死で歯をくいしばった。

額と脇《わき》の下から汗がどっと噴き出してきた。

ふと気づくと優司が美帆の肩越しに顔を覗《のぞ》き込んでいた。いつの間に足元からこちらへ来たのか分からなかった。手に素焼きの皿を持っている。

「じゃあ、さっそくこれをたっぷり塗り込んでやるけんな。この分やったらお前、気ぃ狂ったみたいに吼《ほ》えまくるわ。シャブマン天国や。楽しみにしとけ」

優司は言って、皿の中をぐるぐるかき回す。薬指につけた覚醒剤の溶液を音立ててしゃぶった。

「混ぜ物なしの上物や。しょんべん百回洩《も》らすぞ」

美帆はもう何が何だか分からなくなってきていた。ただ無性に涙が溢《あふ》れてきた。自分がどうしてこんな場所でこんな目に遭《あ》わされているのか、それが理解できない。

「小柳、いいんやな。どうなっても俺は知らんぞ。万が一、腹にガキでもおったら、ガキはただではすまん。それは心配ないやろな」

優司はふたたび美帆の足元へと戻った。局部に掌《てのひら》をあてがいゆっくりと揉みしだく。恐ろしいほどの快感に美帆はたまりかねて喘《あえ》ぎ声を洩らした。

「シャブ汁ば塗るぞ」

優司が言った。

「待って」

美帆は叫ぶ。

「お願いやめて」

美帆は頭を振り立て、「やめて、もうやめて」と絶叫を繰り返した。

「お願い、もうイヤ。やっぱりできない」

両手両脚を縛りつけたチェーンがガチャガチャと盛大な音を立てる。

「なんばいまさら言いよっとか。ここで止《や》めてもまたどうせ別の男に頼むんやろうが」

剝き出しの局部にあてがわれた優司の手にさらに力が込められる。

「自分ばめちゃめちゃにしたいんやろうが。ほらシャブ汁いくぞ」

優司の手が一旦離れ、腿《もも》のあたりに液体の冷たい感触が広がった。

「ダメー」

美帆は声を振り絞る。

「何が駄目か！」

優司が怒声を張り上げた。

「何ば企んでこげんことしようとした。シャブばやるなんてクソみたいなこと、どうして言い出した」

優司の指がふたたび股間《こかん》に突き刺さる。

「ダメ、ダメ、ダメー」

美帆は必死で腰を振って、その手から逃れようとした。チェーン同士がぶつかり、椅子を吊り下げているフレームが軋《きし》んで不気味な音を立てた。

「お願い、やめて。赤ちゃんがいるの。私、お腹《なか》に赤ちゃんがいるのよ」

美帆は悲鳴を上げてついに泣き崩れた。


椅子から下ろされベッドに連れて行かれると、彼女はマットに突っ伏《ぷ》して一時間以上泣きつづけた。

どうしよう、どうしよう。怖いよ、怖いよ。母親になんてなりたくない。母親なんて絶対イヤだ。

ぶつぶつ呟いているのは分かるが、自分が何を喋っているのか、何をしているのかは混乱した頭ではうまく摑み取れなかった。美帆はただ、全身で泣いた。

優司は「どうせ、そげんことやろうと思うとった」と言ったきり、黙ってそばに座っていた。

ラブホテルを出たのは十時過ぎだった。泣き疲れた美帆は車の中で眠ってしまった。優司に肩を揺すられて目を覚ました。老松の自宅が目の前に見えた。あたりはもう真っ暗だった。久しぶりによく眠れたと思った。さきほどまでの数時間が夢だったような気がした。運転席の優司はサングラスをかけて普段と変わらぬ様子だった。

優司が紙コップを差し出してきた。そういえばコーヒーの香りが車の中に立ち込めていた。美帆はあたたかいコーヒーをすすった。三分の一ほど飲んだところでだいぶ意識がはっきりしてきた。

「何で女だけが子供産まなきゃいけないの。よりによってどうして私に決めさせようとするのよ」

ぽつりと言う。

「やったら産まんかったらいい。いまどき中絶やってわけないやろ」

すぐに言葉が返ってきた。

「そんな単純な話じゃない」

「半分女やるけんそげんことになる。やるなら全部女か女捨てるかどっちかにしろ」

こんなやり取りをしていても、優司といることでどこか安心している自分がいた。

「父親のいない子を産むのがイヤなんじゃない。自分が母親になるのがイヤなの」

優司がゆっくり息を吐き出した。

「だったら、さっさと堕胎《だたい》すればよかやないか。お前自身が産みたい気持ちばどうしても消しきらんけん、さっきみたいなことするんやないとか」

美帆は黙ってコーヒーをすすった。

「小柳」

優司が名前を呼んだ。

「お前が産むんやない。その腹の子がお前を選んで生まれてくるんや。やから、そいつが本気で生まれたいと思うとったら、お前がどげんことばしてみても無駄なだけやと俺は思うぞ」

「じゃあ、私も仲間君も自分の親を選んで自分で生まれてきたっていうの」

「おそらくな」

「私は絶対に違う。自分を捨てるような母親なんて選ぶわけがない」

「やけど、お前は現に生まれてきとる。それはやっぱりお前自身の力やろ。俺たちみたいな人間は、そうでも思わんと生きていけんやないか。俺は、やくざから足を洗ったとき、俺は自分の意志で自分の力だけで生まれた人間なんやと思うことに決めた。顔もよう知らん親のことなんかもうどうでもよか。俺の親は、俺を産んだ途端に、俺の方からクビにしたんやと思うとる」

「クビ？」

「そうや。小柳も、お前が自分で自分の母親ばクビにしたと思えばよか。お前の母親が自殺したんは母親自身の問題で、お前とは何の関係もなか」

自分の意志で自分の力だけでこの世界に生まれてきた——美帆はいままでそんなふうに考えたことは一度もなかった。

そっと下腹に手を当てた。気づいてみると一日に何度も何度もそうやっている。

この子も自分の意志で自分の力だけで生まれてくるのだろうか。それならば、私が思い悩む必要などどこにもないのではないか。通りすがりの人間のように、ただこの世界への道案内さえすれば、それでいいのだから——美帆はふとそんな気がした。

## お腹の子

〈大豆、にがり、水——豆腐の原材料はたったそれだけ。だからこそ、その味は素材の質と作り方で決まってしまう。いまでこそ、国産大豆と天然にがりはこだわり豆腐のシンボルのようになっているが、戦前はそれらがごくふつうに使われていた。

当時は、絹ごし豆腐を美味しく作るのはとてもむずかしかった。豆乳ににがりをまぜるとすぐに凝固しはじめるため、味や舌触りを一定に保った絹ごしを大量に製造するのは容易ではなかったのだ。豆乳の濃度と温度、にがりの濃さを巧みに調整するのは腕の良い職人だけにできる仕事だった。

しかし、戦争が始まるとにがりは軍需統制品となり、代わりに「すまし粉」と呼ばれる硫酸カルシウムが使用されるようになった。

この「すまし粉」の登場が、それまでの職人技に頼っていた豆腐作りを劇的に変えてしまう。「すまし粉」は豆乳とまぜてもゆっくり固まってくれるため、職人たちの出番はなくなったのだ。絹ごし豆腐は手軽に量産できるようになり、しかし、にがりに含まれる豊富なミネラル分は、豆腐の中からまたたくまに消えてしまった。

そして戦後を迎えると、原料の大豆も価格の安い輸入大豆がもてはやされるようになる。豆腐作りは味や質よりも価格が優先される時代となった。〉

ここまで書いて、美帆は手を止めた。パソコンの画面から目を離し、両腕を持ち上げて大きく伸びをした。もともと出版社勤めで文章を書くのには慣れていた。まじめな性分なのか調べ物は好きだったから、二年前に食に関するエッセイの連載を打診されたときは、迷わず引き受けた。

デスクの上の時計を見た。いつの間にか午前二時を過ぎていた。深呼吸をしながら腕を下ろすと、空腹であることに気づいた。昨夜はかすみとリリコと三人で表参道の行きつけのイタリアンレストランに繰り出し、さんざん食べてきた。部屋に戻ったのが十一時頃だったから、まだ三時間しか経《た》っていない。どうしてこんなにお腹が空《す》くのだろうと我ながら不思議になる。

つわりにも二種類あると知ったのは妊娠してからだった。つわりと言えば、炊《た》き立てのご飯の匂いにさえ吐き気を催《もよお》すという、あれだとばかり美帆は思っていた。よもや、その「吐きつわり」とは正反対に、始終何か口に入れていないと気持ちが悪くなってしまう「食べつわり」なるものがあるとは思ってもみなかった。

それにしても、もう二十三週目に入っている。そろそろ「食べつわり」からも解放されたいのだが、なかなか思うようにはいかなかった。

いま美帆が書いているのは、大手食品メーカーの広報誌用の原稿だった。原稿用紙五枚、シンプルな写真と文章でゆったり組んだ一ページの誌面だが、ＰＲを目的とした媒体で十万円というのは決していい原稿料ではない。編集者時代のクセか、取り上げる食材についてはとことん調べてしまうし、必要ならば生産者に会いに行くといった取材もする。だがその分、勉強にはなった。身重でキッチンに立つのが大変なときも、パソコンの前に座るくらいならできるし、できるかぎり連載を続けたいと思っている。

テーマには毎回、食の素材を選んできた。水から始めて、味噌《みそ》、醤油《しょうゆ》、みりん、唐辛子といった調味料・香辛料類、茄子《なす》、蕪《かぶ》、大根、人参《にんじん》、ゴボウ、ねぎ、玉ねぎ、葉物にキノコといった野菜類、とり、豚、牛、羊などの肉類、魚介、昆布、鰹節《かつおぶし》、乾物類、それにお米や餅などなど。調べだしたら素材の種類にはかぎりがなかった。

今回「豆腐」を取り上げたのは、現在の美帆の体調とも関わりがある。食べつわりがひどかった時期、特に脂《あぶら》っこいものが無性に欲しくて、一週間で三キロも太ったことがあった。他のもので何とか誤魔化そうと、出産経験のある友人の話やネットの情報などを参考に、ブドウ糖キャンディー、ｉｎゼリー、ドライフルーツ、ナッツ類とさまざまに試した。その末に行き着いたのがなんと豆腐だった。脂っこい物をやめても、豆腐を口にするとなぜだか胸のむかむかがおさまった。

さっそく「豆腐」を取材してみることに決めた。

この広報誌の他にも定期の仕事が幾つかあった。幼稚園などに直販される幼児向け月刊誌の食育コーナーの料理制作、レシピ投稿サイトの特集コーナーの料理監修、子育て情報アプリで週一回の頻度で更新される「家族レシピ」の開発などだ。料理本やムックなどの企画も、ひとつ終えるとまた次というふうに依頼が来るし、既刊の印税も、重版のたびに入る。そうやってあれこれ合算していくと、ここ数年の美帆の年収は大体、二千万円ほどに達していた。

この年収からすれば、彼女は料理研究家としては売れっ子の部類に入る。その代わり、日々の仕事はハードだった。徹夜もしばしばだし、今日のように泊まり客を二人も招き、遅くまで外食をしてきた晩でも、こうやって締め切りの迫った原稿を夜っぴて書かなくてはならない。土日に撮影が入ることも再々だし、フリーとは名ばかりでまとまった休みを取ることもなかなかできなかった。

かすみは今晩一泊だが、リリコの方は三日前から泊まっている。リビングの隣の寝室を明け渡して、美帆は仕事部屋のソファベッドで寝ていた。リリコはしきりに気の毒がったが、抱えている原稿もあるので、そうするしか手がなかった。今夜は美帆のベッドに二人並んで眠っているはずだ。

玄関右手の仕事部屋を出て、リビングに通ずるガラスのドアを開けた。

明かりを灯し、キッチンに入って冷蔵庫の中身をあらためていると、寝室のドアが開いてかすみが出てきた。モスグリーンのかわいらしいパジャマを着ていた。こうして見るとかすみはまだ十分に若々しかった。

「うるさかった？」

キッチンカウンター越しに話しかけた。

「やっぱり眠れなくて」

この数日ですっかりやつれたようだ。母親を亡くしたのだから仕方がない。

「そう……」

「美帆さんの方はお仕事大丈夫ですか。忙しいときに押しかけてしまって、ほんとにごめんなさい」

かすみが頭を下げた。

「全然構わないわよ。締め切りは今日の夕方だから、まだ時間たっぷりあるし」

「大人気ですね。たいへんじゃないですか」

「そんなことないよ」

千葉に住むかすみの母が急逝《きゅうせい》したのは、二十一日、彼岸のさなかのことだった。かすみはリリコと二人で二十二日に上京してきた。当日の通夜《つや》、翌日の葬儀が済んで、リリコだけ二十四日に美帆の家にやって来た。そして昨日、かすみがリリコを迎えに来た。二人は、今日の昼間の便で福岡に帰ることになっていた。

「かすみさん、一杯やる？」

美帆が訊いた。

「いいんですか」

「私もそろそろ休むから。昔みたいに完徹はできないし」

昔と言ってもわずか数ヵ月前だった。だが、いまの美帆にはその言葉がしっくりくる。妊娠が女性にとってどれほど大きなことかを否応《いやおう》なく思い知らされる日々がつづいていた。

「ワインでいい？」

「もちろん」

美帆は冷蔵庫からシャブリを一本出した。妊娠中の飲酒は医師から固く禁じられているので美帆は飲めないが、来客用のワインは欠かしていなかった。銘柄は、ドメーヌ・アムラン。値段は手頃だがすっきりした口当たりの美味《おい》しいワインだった。

つまみは豆腐だ。熊本の豆腐のみそ漬《づ》け、鳥取の豆腐ちくわ、それに岐阜のこも豆腐などを大皿に盛りつけてリビングのテーブルに置いた。今回の取材のために日本全国からさまざまな変わり豆腐を取り寄せていた。

差し向かいで座って、かすみのグラスにワインを、美帆のグラスにはペリエを注いだ。

「かすみさん、ほんとに大変だったね」

と言って美帆は自分のグラスを持ち上げた。

「こちらこそお世話になりました」

二十三日に千葉市内で執り行なわれた葬儀には美帆も参列した。

「でも、お父様がやっぱり心配ね」

夕食のときにかすみの実家の事情をつぶさに聞いた。七十一歳になる父親は膝の具合が悪く、一人での遠出は無理だという。いままでは八つ年下の母親が家事全般はもとより車の運転もこなして夫の面倒を甲斐甲斐《かいがい》しく見ていたが、今回、心臓発作で急逝してしまい、残された父親は途方に暮れているとのことだった。

「妹もすぐに戻ってくるわけにもいかないみたいだし」

かすみが嘆息するように言った。たった一人の妹は、いまは夫の転勤で旭川《あさひかわ》に住んでいるのだそうだ。

「あの父が一人で暮らすなんてとても無理だろうし」

離婚してからの八年間、かすみは両親とは一度も連絡を取ったことがなかったという。

妹とは「あかり」を開店した三年前からやっと電話しあう仲に復していた。

「思い切って、かすみさんが千葉に戻ったら」

　この数日考えていたことを美帆は口にした。さきほどはリリコと三人だったので言いそびれてしまった。リリコは二月に高知から戻って、いまは「あかり」で働いていた。部屋も新たに借りて引っ越していた。研一の行方《ゆくえ》は杳《よう》として知れないが、逮捕状が出てからは一切の接触がないようだった。

「妹ともその話はしてるんです」

　かすみが言う。

「私はそうしたらいいと思うよ。お店を手放すのは残念だけど、まだかすみさんは若いし、こっちで一からやり直す手だってあるもの」

「五日間、久しぶりに父と一緒にいて、母の分まで償《つぐな》いをしなきゃなとは思いました」

　しみじみと彼女は言う。この女性が一度は覚醒剤中毒で家庭を壊し、あげくやくざの情婦にまで身を落としたとはとても信じられなかった。

　美帆は豆腐ちくわを手でつまんで食べていた。まろやかな味がおいしい。

「娘さんと遠く離れるのがつらいんでしょ」

　ちくわを一本食べ終えて、美帆は言った。「それに、仲間君とも」という言葉はつけ加えなかった。

「それもあります。どうせ二度と親子には戻れない関係ですけど」

「そんなことないわよ。あかりちゃんも大人になれば、お母さんの気持ちがきっと分かるときがくると思う」

そう言いながら、美帆は自身のことを考えていた。すくなくとも自分にはあの母の気持ちは分からないし、分かりたくもない。

かすみはワインを飲み干し、手酌《てじゃく》でふたたびグラスを満たした。

「私ね、もう一人子供が欲しかったんです」

グラスの中を見つめながら言った。

「男の子が欲しくって。小さい頃からそうだったんです。子供を持てたら男の子と女の子の両方を絶対に産みたいって。それで主人に頼んだんです。セックスは無理だけど、体外受精だったらできるんじゃないかって。実は、病院に行って相談も済ませていたんです。そしたら、主人がものすごい剣幕で怒り出して。普段は身体のこともあるからそんなふうに怒るなんてあり得なかったんです。俺は、お前が子供を産むための道具なのかって。主人にしたら不安だったんだと思います。いつ死ぬか分からない身で二人目の子供を持つことが。でも、それでも私はどうしても産みたかった。主人がいつ逝《い》くか分からないからこそ、男の子が欲しかったんです」

「そうだったの」

美帆はかすみの話を聞き、そのときの彼女の気持ちがよく分かるような気がした。

「それで自棄《やけ》になって、私、マッチングアプリなんかに手を出してしまったんです。だから、本当は後腐れのないセックスがしたいだなんて嘘だったのかもしれません。実は、私は誰の子でもいいから子供が欲しかったのかもしれない。女にはセックスだけなんて、実際はあり得ないんじゃないかって、いまになって時々思ったりします」

美帆は、かすみの言うことにも一理あるような気がした。男性の場合はセックスのためのセックスが十分に可能だと思う。男性のセックスというのはそちらが主流なのかもしれない。女性の場合は、どうしても妊娠という前提がつきまとう。これは男女のあいだの根本的差異の一つだろう。

「かすみさんは、あかりちゃんを身ごもったとき、ご主人の子供でよかったって心から思えた？」

男性にセックスのためのセックスがあるように、女性には妊娠のためのセックスがあるような気がした。

かすみが怪訝な顔で美帆を見返した。

「だから、誰か別の人の子供だったらよかったのにって思ったことなかった？」

美帆は言った。

「美帆さんはそんなふうに思ってるんですか」

かすみは美帆の妊娠にまつわる事情はおおかた心得ていた。

「私の場合は、父親のいない子を産むわけだしね」

問い返されて、美帆は言葉を濁《にご》した。

「たとえば優ちゃんが父親だったらよかったとか」

しかし、彼女は核心をついてくる。

「そういえばそうかな」

美帆は正直に答えた。

「ただし、それは別に私が仲間君のことを好きだってことじゃないのよ。本当の父親と比べてみたら仲間君みたいな人の方がよかったのになって思うだけ。かすみさんなら分かるでしょ」

実際、正月に会って以来、優司とは電話で話すこともしていなかった。

「でも、それって好きよりもっとすごいことかも」

かすみが言った。

「そんなことないよ」

ふと口走った言葉に、美帆自身が戸惑っていた。

だが、かすみはにわかに真剣な面持《おもも》ちになって美帆を見つめた。何か思い悩むように眉《まゆ》根《ね》を寄せて、口許に右の人差し指を当てていた。

「美帆さんなら、あの人に勝てるかもしれませんね」

不意に言った。

「あの人って」

美帆は訊き返す。

「いつか少しだけお話ししたことがありますよね。富士本美由紀さんって人のことです」

かすみはふっと一つ息をこぼすと、宙を見つめるようにして言った。

## 生みの親

「とうさんが亡くなって八ヵ月だよ。幾らなんでもみっともないよ」

まだ二杯目のギネスだったが、正也の顔はすっかり赤くなっていた。彼はあまり酒が強い方ではない。父にではなく母の早苗に似たのだろう。母は一滴も飲まない人だった。

以前、優司と行った表参道のアイリッシュパブだった。あれ以来、美帆はたまにこの店に顔を出していた。一人のときもあるし、仕事仲間を連れてくることもあった。

アイリッシュビールの生を飲むと、他のビールはちょっと飲めなくなる。

「雅光兄さんが相手だなんて、かなり意外ね」

美帆は最近はもっぱらジンジャーエールだった。

「どうもだいぶ前からの関係らしいよ。とうさんが桜花園に勤めていたときにも、そういう噂《うわさ》があったらしいし。新庄《しんじょう》も、今回初めて古株の職員からそのことを聞かされたそうだけど」

父が「かたせ桜花園」で働いていた時期といえば、母はまだ四十手前、本多園長は三十前ということになる。その頃の母であれば、若い雅光兄さんを籠絡《ろうらく》するくらい造作もないことだったろう。

「まあ、仕方がないじゃない。一人で生きていくのは、あの人には無理なんだから」

「それはそうだけど。一応、僕にとっては本当の母親だからね」

「正也はショックなわけ」

「ショックっていうのとも少し違う気はするけど」

相手が雅光兄さんと聞いて、美帆は思い当たるふしがあった。なるほど母と雅光兄さんは、父が桜花園にいる頃から関係を結んでいたに違いない。正也が片瀬川で流された折、後から駆けつけた雅光兄さんが美帆のためにあれほどのことをしてくれたのも、彼と母とがそういう間柄だったとすれば十分に納得できた。

新庄というのは、あのとき「あれは誰やー」と指導員に訊かれて「小柳君です」と真っ青な顔で叫んだ子のことだった。桜花園で高校まで過ごし、大学を出ると児童指導員としてふたたび園に戻ってきた。正也と彼とは二十年来の親友でもあった。

その新庄君が園長と母との関係が噂になっていると、最近、正也に電話で報告してきたというのだ。

「結婚する気なのかしら」

美帆が言った。

「まさか」

「でも、雅光兄さんって結婚したことないんでしょう。もしかしたら、おかあさんのことをずっと好きで、この日を待ちつづけていたのかもしれないじゃない」

どうしても本多園長と呼ぶより雅光兄さんの方がしっくりきた。

「アホくさ」

正也が苦笑した。

「どっちにしても、おかあさんが寂しくないなら、それでいいじゃない。雅光兄さんも悪い人じゃないだろうし」

正也は納得できない顔つきをしている。

「うちの財産目当てだったらどうする」

「アホくさ」

今度は美帆が笑った。

美帆も正也も子供のときから両親を突き放して見る習慣がついていた。貰いっ子の美帆がそうなるのはやむを得ない面もあるが、俊彦と早苗の実子である正也も、両親との関係はかなり淡白だった。長女の美帆の目線が自然に正也に乗り移った部分もある。その点は弟に悪いことをしたかな、と思わないでもないが、一方で、年中浮気を繰り返している父とわがままで何事も気分次第の母とのあいだに育てば、賢ければ賢いだけ、子供が冷静な目で親たちを見るようになるのは当然だと美帆は思っていた。

早苗はごくたまにだが、ヒステリーを起こした。そういうときは、子供たちの失敗を見つけては家の外に締め出した。一度大雨の真夜中に正也が出されてしまい、美帆が幾ら抗議しても哀願しても、早苗はずぶ濡れの正也を家に入れなかった。美帆は傘と毛布を持って自分も外に出て、一晩中、雨の中で正也を抱き締めていた。正也がまだ四つくらいの頃のことだった。

早苗に似た正也は美しい顔立ちをしていた。仕事は忙しいだろうが、その気になれば幾らでも相手はいるはずだ。が、この弟から女っ気を感じたことはほとんどなかった。いままで正式に彼女を紹介されたこともない。「姉ちゃんと会わせると、向こうは絶対引いちゃうから」と言い訳しているが、決まった女性と付き合ったことがないのではないか、と美帆は睨んでいた。

正也には、自分たちが母親の違う実の姉弟であることは伝えてあった。

四年前、永妻克子の報告書を見せながら、正也に説明したとき、

「どうりで、姉ちゃんはとうさんに似ていると思ったよ」

とさほどの驚きを見せなかった。

美帆自身は、母や叔父の素性を初めて知ったこと以上に、自分が俊彦の実子だったという事実に驚愕《きようがく》していたので、この正也の淡々とした反応は意外だった。

「おとうさんにもおかあさんにも何も言わないつもりなの。その方があの二人のためにもいいでしょ」

美帆が言うと、

「とうさんに真実を言わないのは、姉ちゃんの実の母親を自殺に追いやったのがとうさんだから？　姉ちゃんは、かあさんよりもとうさんの方が憎いってこと？」

と正也はすかさず訊いてきた。鋭い指摘だった。

「夫が愛人に産ませた子をわざわざ養女にして、何食わぬ顔で育ててきたおかあさんも最低よ。でも、やっぱり一番許せないのは、その愛人が子供を産んだことも、自殺したことも知らないでのうのうと生きているおとうさんの方だわ」

美帆は言った。

「姉ちゃんもなんだかんだ言っても女だってことか」

そのとき正也はそう言ったあと、自分の口からは絶対に秘密は洩らさないと固く誓ったのだった。もちろん、彼は父が事実を知ることによって、両親の関係が決定的に損なわれるのを危惧《きぐ》したのだと思う。

美帆が自らの出自について知りたいと思ったのは、イギリスに行ってからだった。二人目の彼氏からのプロポーズを断り、会社も辞めて美帆は渡英した。最初の一ヵ月はロンドンで友人の家に厄介になったが、その後ブライトンに移り、部屋を借りて一人暮らしを始めた。英語学校に通い、リフレクソロジーや禅の修行に出掛けたりした。イギリスという国が性に合えば、そのまま一、二年滞在してみようかとも考えていたが、結局コロナで帰国せざるをえなくなった。

ただ、実際に住んでみると侘しさが募《つの》った。言葉の壁もあったが、何より辛《つら》かったのは食事だった。食材も豊かではなかったし、まずもって毎日パン食というのが美帆には耐えられなかった。海外で美帆は、自身の食への執着を知ったのかもしれない。

イギリスの男たちもあまり好きになれなかった。留学している日本人の中には彼らと付き合っている女性も結構いたが、美帆からすると、日本女性に近づいてくるイギリス人たちはどこか裏がありそうで合わなかった。

ありふれた話だが、海外で生活すると、否応なく自分が日本人であることを意識させられる。孤独とさみしさの中で、自分が一体何者なのかを突き詰めないわけにはいかなくなってくる。

美帆もそういう気持ちを引きずったまま、十ヵ月あまりで日本に帰った。

三十歳になっていた。

ふたたび上京してからは、母校での臨床心理の講義にも飽き足らず、次々に持ち込まれる仕事をこなし、古市のもとで過ごしているうちに料理研究家として独り立ちしようという気持ちの方が強くなっていった。

ここが人生の一つの節目だと感じた。美帆は意を決して本当の両親についてプロの調査員に調べてもらうことにした。戸籍以外に手掛かりらしきものもなさそうだったが、友人の弁護士から紹介されて永妻克子に会ってみれば、「戸籍からたぐれば大抵のことは分かります」とのことだった。

一ヵ月後に受け取った永妻の報告書は詳細をきわめていた。

古川美和は小柳俊彦の患者の一人だった。俊彦は東京の勤務医だった時代、看護師として同じ病棟で働いていた稲垣《いながき》早苗と交際しながら、一方で患者の美和とも関係を持っていた。

俊彦は結局、早苗を選び、美和を捨てた。そのとき美和はすでに妊娠していた。

彼女は、一九八九年十二月二十四日、板橋《いたばし》区の産院で女の子を出産した。美帆という名前は美和が付けた。

古川家は父親が早くに亡くなり、美和の母親、つまり美帆の祖母にあたる古川美鈴《みすず》が小さな食堂を営んで生計を立てていた。出産後は、美和もその店を手伝いながら美帆を育てた。二年後の一九九一年七月、同じ板橋でスナックを経営していた美和の弟の隆志が、相場で大穴を開けてしまった。連帯保証人だった美鈴は息子の借金のカタになけなしの店舗兼住宅を手放さねばならない羽目に陥った。

八月、隆志も含む家族四人で区内のアパートに引っ越し、美鈴も隆志も働きに出ることになった。美和は子育ての負担の上に店を失ったショックが重なってアパートに引き籠《こ》もりの状態となった。九月、美鈴が勤め先の清掃会社で、くも膜下出血のために倒れてそのまま息を引き取った。

この母親の急逝で美和の精神状態は一気に悪化した。

翌九二年二月十四日、美和は二歳になった美帆を連れてアパートを抜け出した。その日、隆志はすでに出勤していた。午後三時過ぎ、美和はあちこちさまよったあげく横浜《よこはま》市内の団地の一棟に入り、最上階九階の踊り場から身を投げた。享年《きようねん》二十四。

その場にいた美帆は保護され、叔父の隆志に引き渡されたが、一ヵ月後、板橋区の児童養護施設に預けられることになった。隆志が結婚詐欺《さぎ》で警察に逮捕されたからだった。

五月、小柳早苗がその児童養護施設を訪ねてきた。弁護士を通じて隆志の了承も得たうえで彼女は美帆を引き取った。

小柳の一家が片瀬に引きあげたのはそれから二ヵ月後のことだった。

「だけど、とうさんは知らなかったのかな」

三杯目のビールをオーダーしたあと、すこし赤みの引いた顔の正也が言った。

「何を」

美帆は問い返した。

「姉ちゃんが自分の本当の娘だったってこと」

「知らなかったんじゃない。知っていれば、私に何か言うはずだもの」

「そうかなあ。黙っていただけじゃないのかな」

「まさか」

「分からないよ。案外あの人はそういう人だったんじゃない」

正也に言われて、美帆は父が亡くなる前の晩に口にした言葉をまた思い出した。「どうしても自分の娘としか思えなかった」という一言は、美帆へのほのめかしだったのか。

「やっぱり、おとうさんは知らなかったと思う」

美帆は言った。仮に知ったとしても、父の言葉の通り、死の直前だったに違いないと美帆は思った。

正也とは二ヵ月に一回はこうして会うようにしていた。といっても正也が渡米中は、美帆が一度ニューヨークに行って会ったきりだった。そのときは、彼が黒人の女の子を連れてきて、びっくりさせられた。

帰国後の正也は多忙をきわめ、ゆっくり夕食を共にする時間は取れないようだった。毎回こうして夜中に会って二人で飲んでいた。もちろん、正也はこれから病院に戻らねばならない。

「姉ちゃん、本気で子供を産む気？」

　正也が訊いてきた。

「当たり前でしょう。もう二十四週目に入ってるのよ」

「そうかあ」

　フィッシュ・アンド・チップスをつまみながらぼやけた声を出す。

「かあさんも薄々勘づいているみたいだよ」

「嘘でしょ」

「ほんとほんと。姉ちゃんが正月に帰ったとき、そう思ったみたい。この前、僕に確かめてきたから、それはないでしょって一応否定しておいたけどね」

　妊娠の事実を正也に打ち明けたのは二月に入ってからだった。その瞬間に、

「もしかして優司兄ちゃんの子？」

　と言われて、美帆はどうして正也がそんなことを口にするのか不思議だった。首を振ると、明らかに落胆の表情になっていた。

「もうすこししたら、おかあさんにも言うわ」

「そうしてよ」

正也が頭を下げてきた。

「姉ちゃんが産んでくれたら、甥《おい》っ子でも姪《めい》っ子でも、僕が何でも面倒見てあげるよ。かあさんだって大喜びだと思うよ」

「そうかしら」

「そりゃそうでしょう。血がつながっていないといっても、かあさんの産んだ僕とはつながってるわけだし、あの人、もともと子供好きだからね」

「おかあさんが子供好き？」

「そうだよ。でなきゃ、姉ちゃんのことだって引き取るわけないじゃない」

正也が、いまさら何を言ってるんだという顔で美帆を見た。

十二時ちょうどでお開きにした。御茶《おちゃ》ノ水《みず》の医科歯科大病院に戻るためにタクシーを拾った正也を表参道で見送って、美帆は自宅へと向かった。

同潤会《どうじゅんかい》青山アパートの跡地に建った表参道ヒルズには、高級ブランドやセレクトショップが軒《のき》を連ねている。上層階には賃貸住宅もあると聞くが、こんな高級マンションに誰が住むというのだろう。六本木ヒルズにしても麻布台《あざぶだい》ヒルズにしても、入居する人間の多くはＩＴ系か芸能人あたりか。幾ら立派な器《うつわ》に仕上げてみても、盛りつける料理が洗練されたものでなければ意味がない、と美帆は思う。この国はここ十数年、間違ったことしかしていないのではないだろうか。

まあ、あの黒川丈二みたいな男が国政を目指すような国だ。それも仕方のない話なのかもしれない。丈二からは昨年の十二月以降、何の連絡も来ない。まさかあんな形で別れた女が自分の子供を身ごもっているなどとは露《つゆ》ほども思っていないだろう。

結局、自分も古川美和と同じように父親のいない子供を産もうとしている。

丈二の言い草ではないが、血は争えないという気がしないでもなかった。

ただし、自分はどんなことがあっても我が子を残して自殺なんてしない。一度、産むと決意したからには何があっても子供と二人で生き抜いてみせる。たかが男に捨てられたくらいでくよくよなんて絶対にしない。美帆はそう思う。

正月に会ったときの優司の言葉を借用するならば、丈二が美帆を捨てたのではない。美帆が丈二をクビにしたのだった。

今日の昼間、永妻克子から連絡があった。

富士本美由紀の現住所が分かったという。

かすみからは、大阪の人だということしか聞いていなかったが、永妻なら住所を割り出してくれるだろうと思っていた。それにしても相変わらず反応が素早い。調査を頼んだのは先週の金曜日、三月二十八日のことだった。

富士本美由紀にどうしても会ってみたい、というわけではない。

たまたまこの週末に大阪での仕事が入っていた。先月の終わりに急に知り合いの編集者から持ち込まれた仕事だが、義理のある相手なので断りきれなかった。関西を中心に活躍している女性タレントが芸能生活二十五周年を記念して、料理本を出版することになり、是非手伝ってやってほしいというのだった。タレントはここ数年、大阪で昼間の料理番組の司会を務めており、これは関東でもＴＢＳ系列で放映されていた。

その仕事の打ち合わせのために、四日金曜日から急遽《きゅうきょ》大阪に行くことになった。金曜はプロダクションの面々と会い、タレント本人とは月曜に会う予定だった。土日がぽっかり空くという迷惑な日程だったが、それならば、富士本美由紀に会いに行ってみようかと美帆はふと考えたのだ。

かすみが美由紀と会ったのは一度きりだった。中洲で腹を刺された優司は手術によって一命を取り留めたものの、二ヵ月近く入院した。そのとき、美由紀が見舞いに来た。たまたま優司の病室でかすみは彼女と遭遇したのだった。美由紀は「大阪の富士本です」と名乗ったあと「主人が若い頃、優司君と同じ船に乗っていたんです」とつけ加えたそうだ。年齢は優司より二つ三つ上の感じだった。

「でも、優ちゃんの様子を見ていて、この人が優ちゃんの好きな人だってすぐにピンときました。どんなに親しくなっても、優ちゃんの心の中には絶対入れてくれない部屋があるって思ってましたけど、ああ、この人だけがその部屋に入れるんだなって直感したんです」

と、この前かすみは言っていた。

富士本美由紀は三日ほど優司の世話をして帰ったようだった。

「美由紀さんが帰ってしばらくして、優ちゃんがやくざから足を洗うって言い出したんです。それ聞いたとき、美由紀さんが勧めたんだなって分かりました。私にはとても勝てない相手だって身にしみて思いましたね」

かすみはそうも言っていた。

永妻の調べによると、富士本美由紀は高校生の息子と二人暮らしだった。かすみの話と相違して、優司と一緒にマグロ船に乗っていたという彼女の夫は随分前に亡くなっているようだった。

この情報を今日手に入れて、美帆は俄然《がぜん》美由紀に会ってみたくなった。

表参道を外れて住宅地の路地を歩く。道のそこここに桜が咲いていた。今年は月末の開花のあと花冷えになったこともあり、いまがちょうど見ごろだった。

仲間優司が密かに思いを寄せてきた相手は自分だと美帆はずっと感じてきた。

片瀬川で正也を救ってくれたとき、優司が病院で呟いた言葉が何よりの証拠のはずだった。これまでの優司の言動を逐一振り返ってみても、美帆のその確信を揺るがすような材料は何一つ見当たらなかった。

しかし、かすみによれば、優司が思いつづけてきたのは富士本美由紀という女性だという。このかすみの直感が間違っているとも思えなかった。優司が足を洗って始めた店の屋号に「富士本」と入れていることでも、彼の美由紀への特別な感情は十二分に察することができた。

一体、優司の気持ちはどこにあるのか。それが美帆には不可解で仕方がなかった。

むろん、自分が美由紀に嫉妬《しっと》しているわけではないと思う。だが、疑問を疑問として放置しておくには、これは大きすぎる問題のようにも思えた。

仲間優司とのつながりは、ある意味では黒川丈二とのそれ以上に底深いもののように美帆には感じられた。とくに昨年再会してからは、そのことを強く意識するようになっていた。丈二との関係にしても、もし優司と出会っていなければ、あんな別れ方はしなかったような気がしている。

こうなれば、当の美由紀と直接会ってみる以外に真実に近づく方法はない、と美帆は思う。大阪行きの仕事が突然舞い込んできたのも、美由紀との対面を促す何かの計らいなのかもしれなかった。

美由紀の自宅の電話番号は調べがついていた。

先《ま》ずは明日、美由紀に電話してみよう。

路傍の満開の桜を見上げながら美帆はそう考えていた。

## 大阪難波

スマホを鳴らすまでもなく、どの客が美由紀かはすぐに分かった。

約束通り、店内の「真ん中の一番いい席」に彼女は座っていた。

土曜日の難波《なんば》界隈《かいわい》は人、人、人だった。東京でいえば新宿、渋谷《しぶや》と似たようなものだが、それにしても大阪の方が混雑の密度は高いような気がした。

地下鉄御堂筋《みどうすじ》線の心斎橋《しんさいばし》駅で降りて、心斎橋の商店街を冷やかし、戎橋《えびすばし》を渡り、三十分ほどかけてこの千日前《せんにちまえ》のお好み焼き屋にたどり着いた。道々、人込みを東京と引き比べて、要するにガヤガヤの音量が違うのだと気づいた。大阪の人たちの方が歩きながらよく喋っていた。

店も満員だった。あんなにいい席に座っているということはよほど前から来ていたのだろうか、と思ったが、美由紀の顔や姿を見て、この人ならそんなことをしなくても上手《うま》い具合にいくに違いないと思った。彼女は電話での印象そのままに、周囲に明るい光を放っている人だった。

美由紀も美帆にすぐに気づいた。ぱっと手を上げて合図してくる。

向かいの椅子を引くと、「ごめんなさい。こんなごみごみした場所に呼び出しちゃって」と彼女も椅子から腰を持ち上げた。顔をしかめてひどく申し訳なさそうにしていた。

「いま何ヵ月?」

美帆が腰掛けると、訊いてきた。

「七ヵ月目に入ったところです」

「そう。だったらお腹、割と大きいほうね」

「ええ。何だかすこし太り気味で」

電話でもそうだったが、美由紀はきれいな標準語を喋る。周囲のテーブルからは盛大な大阪弁が響いてきていた。

「はじめまして。富士本美由紀です」

急に彼女がぺこりと頭を下げる。美帆も慌てて「はじめまして。小柳美帆です」とお辞儀を返した。

このままだと相手のペースに乗せられそうな気がして、美帆は自分から喋ることにした。ここは大阪なのだ、と思う。

「だいぶお待たせしてしまいましたか」

約束の一時半ちょうどに店の扉を開けたのだが、とりあえず言った。

「ぜんぜん。私もさっき来たところ」

美由紀はいつの間にか広げたメニューに視線を注いだまま言った。三十秒ほどで顔を上げて、

「ねえ、美帆さん何がいい？」

とメニューを逆さにして向けてくる。

「そうですねえ」

と言うと、

「モダン焼きがおいしいよ」

その箇所を人差し指で示してきた。

「じゃあ、私、シーフードモダンにします」

「了解」

美由紀はメニューを閉じて、店員に合図した。

「シーフードモダンと豚モダン、それに……」

注文しながら、

「美帆さん、一杯だけ飲む？」

と訊いてくる。美帆が首を振ると、

「じゃあ、ウーロン茶二つ」

と言った。

店員が去って、

「すみません」

と美帆は謝った。

「いいのよ。昨日も遅くまで会社の仲間と飲み会だったんだから」

と美由紀は言い、

「妊婦があんまり気を遣《つか》っちゃ駄目だよ」

と笑った。

水曜日の夜に美由紀の自宅に電話した。美帆が名乗ると、彼女は、

「ああ、あなたが小柳美帆さん……」

と最初から懐かしそうな声を出した。どんなふうに話を切り出そうかと悩んでいただけに、その気安い反応に美帆はやや拍子抜けしてしまった。

「どうして私のことご存じなんですか」

逆に美帆の方から訊いていた。

「小柳さんのことは優司君にむかしよく聞かされていたから」

美由紀はさらに意外なことを言った。

週末大阪に行く予定なので、土曜日か日曜日にお目にかかれないでしょうかと訊ねると、美由紀は理由も聞かずに「いいわよ。だったら一緒にお好み焼きでも食べましょうか」と持ちかけてきたのだった。

ウーロン茶のジョッキが届いた。

「すみませんでした。突然電話して、しかもお目にかかりたいなんてずうずうしいこと言って」

やはり最初にこの訪問の目的をきちんと説明すべきだと美帆は思っていた。

美由紀はウーロン茶を半分くらい一気飲みすると、

「いいのよ。あなたとはいつかこうして会うことになるだろうって思ってたから」

すました顔で言って、

「優司君について知りたいことがあって訪ねてきたんでしょ」

と何でもないことのようにつけ加えた。

すべてを見透《みす》かされているふうで、美帆は、つい美由紀の顔をまじまじと見た。

明るいブラウンに染めた髪は短く、横長の瞳が特徴的だった。細身の身体にグリーンのシャツ、下はジーンズという普段着のような恰好《かっこう》だったが、それが彼女を若々しくしていた。美帆より三つ上だと言っていたから今年で三十八歳のはずだが、そうは見えない。まして高校生の息子がいるとはとても思えなかった。

お好み焼きを食べながら一時間くらい話をした。

席を立つ際に時間を確認すると、二時四十分になっていた。

店を出て千日前の雑踏に踏み出す。

「今日も明日も大阪泊まり？」

先を歩く美由紀が振り返って言った。美帆はずっと聞き役に回っていたので、自分のことはほとんど話せなかった。

「はい」

「ホテル？」

「梅田《うめだ》のヒルトンです」

「だったら今夜はうちに泊まりに来ない？　息子も合宿だし、のんびりできるよ」

元太《げんた》という名の息子は、昨日から学習塾の合宿で六甲《ろっこう》に出かけ、明日の夜帰ってくらしかった。

「うちの息子は小さい頃から勉強漬けなの。私立にやって高い学費払ってるんだから、とにかくいい大学に入ってもらわないとね」

さきほど美由紀は笑いながら言っていた。

「そうしなさいよ。ホテルは乾燥するから身体によくないよ。着替えもあるし、このまま行っちゃおうよ」

美由紀が美帆の手を取ってきた。

「じゃあ、そうします」

美帆はその言葉に甘えることに決めた。

大阪難波駅から近鉄《きんてつ》奈良線に乗って鶴橋《つるはし》で大阪線に乗り換えた。長瀬《ながせ》という駅には二十分足らずで着いた。

美由紀の家は長瀬駅から歩いて十分ほどのところにあった。住宅街の中に建つ小さな一戸建てだった。

美由紀が勤める会社は環状線の京橋駅《きょうばし》の近くだという。神戸牛《こうべうし》や近江牛《おうみうし》、松阪牛《まつさかうし》の卸元の会社で、彼女は大阪に出てきてすぐに勤め始め、もう勤続十六年になるとのことだった。

「とにかくおいしいお肉をお腹いっぱい食べさせて、元太を大きな強い子に育てなきゃと思ってね。親戚《しんせき》の紹介だったんだけど飛びついたのよ」

電車の中でも美由紀は明るい声で喋った。

美由紀が大阪に出てきたのは、夫の富士本健太《けんた》を失ってすぐの二〇〇九年四月。美帆がちょうど大学二年になったばかりの頃だった。当時美由紀は二十二歳。元太は一歳をすこし過ぎた幼児だった。

美帆は一階のリビングに通された。一階はキッチンとリビング、それに玄関を入ってすぐに四畳半の和室があった。そこが仏間になっていて、立派な仏壇が置かれていた。美帆は出されたお茶に口をつける前に、先ずその部屋でお線香をあげさせてもらった。

二十五歳で亡くなったという富士本健太の笑顔の写真が仏壇に飾られていた。短髪の浅黒い顔は精悍《せいかん》で、なるほどどことなく優司に似ているような気がした。

高校を中退し、マグロ船に乗せられた仲間優司を二年近くの航海のあいだに一人前の漁師に育て上げてくれたのはこの富士本健太だった。ホオジロザメに右足を食いつかれ、その直後、横波にさらわれて海に投げ出された優司を必死になって助けてくれたのも、この健太だった。

室戸《むろと》に帰投した優司は、船長、漁労長に伴われて高知に住む美由紀のもとを訪ねた。美由紀と元太と対面した彼は、健太の遺品を差し出しながら、土下座して号泣したという。

航海中に送られてくる手紙やビデオで美由紀は優司のことはよく知っていた。健太は「弟のようなやつを見つけた」と書いてきていた。

身を震わせて泣くその若者の姿を見て、夫が本当に死んでしまったことを彼女は初めて実感したのだった。

焼香してリビングに戻ると、二階に行っていた美由紀がスウェットの上下を持って降りてきた。

「さあさあ、早くこれに着替えて」

ダークブルーのパンツスーツ姿の美帆に言う。

「私は元太の部屋で寝るから、美帆さんは私の部屋のベッドを使って。二階にもトイレはあるから」

と美由紀は言った。

夕食は焼肉だった。冷蔵庫の中を見せてもらうと、神戸牛の切り落としや内臓がぎっしり詰まっていた。リビングの座卓にホットプレートを置いて、美由紀はどんどん肉や野菜を焼いていった。神戸牛は脂と肉汁が渾然一体《こんぜんいったい》となってとろけるように柔らかい。溶かしバターとおろしニンニクをまぜた市販のタレで食べるだけだったが、絶品だった。美由紀は自分はビールだったが、美帆の前にはウーロン茶のグラスを置いてくれた。

「こんなおいしいお肉が手に入るなら勤め甲斐がありますね」

と美帆は言った。

「そうね。明日元太が帰ってきたら、また焼肉よ。あの子なんて平気で一キロ食べちゃうものね。あの年頃の男の子の胃袋って一体どうなってるんだろ」

美由紀はビールをぐいと飲んで言った。その飲みっぷりからしてかなりいける口のようだった。

「でも、元太君、勉強頑張ってるんですね」

「毎日毎日、塾塾塾。かわいそうだけど、そうも言ってられないしね。私なんてもっともっと勉強したかったのに貧乏だったから高校しか行けなかったし、それも普通科じゃなくて商業科にしか通わせてもらえなかった。それに比べればあの子は幸せよ。勉強だけは学生のときにやっとかないと取り返しがつかないでしょ。遊びなんていつから始めてもすぐ一人前になれるもの。優司君だって、たまにここに来れば、とにかく勉強していい大学に行けってしつこいくらいに元太に言ってるわよ。その代わり、一流大学に入れたらボーナスとして百万円くれるんだって。元太はすっかり本気にしてるのよ」

「仲間君もきっと本気だと思いますよ」

美帆が言うと、「おそらくね」と言って美由紀は苦笑した。

「仲間君が足を洗ったのは、美由紀さんが勧めたからだって聞きましたけど」

美帆は、誰から聞いたかをぼやかして言った。

「そんなことないわよ」

美由紀は即座に否定した。

「そうなんですか」

「私はね、優司君が刺されて大怪我したとき、病院に行って『元太に何て説明すればいいのか教えて』って言っただけ。あの事件は大阪のニュースでも流されて、小学生だった元太が偶然テレビ観ちゃったのよ。優司おじちゃんはやくざなのって半べそで訊かれて、私はきっと同姓同名の別人よって答えるしかなかった。その話を病室で優司君にしたの」

美由紀はそう言うと、手にしていたグラスをテーブルの上に戻した。

「実はね、優司君がやくざになったのは、私のせいもあると思ってるの。漁師なんて死んでしまったら何の補償もないし、主人の場合は南アでの捜索にお金がかかって、結局航海中の給料もほとんどそっちに回されてしまったの。私は幼い元太を抱えて、この先どうしていいか分からなかった。そしたら優司君が、お金は何とかしますって言って博多に引きあげて、一ヵ月もするとすごい大金を送ってきてくれたの。とても受け取れないって電話したら、叔父さんの借金が思ったほどじゃなくて、自分の給料がそれだけ残ったからどうしても貰ってくれの一点張りだった。でも、あのときはもうやくざの道に足を踏み入れていたんだと思う。彼がやくざになったと知ったのは、迂闊《うかつ》な話だけど、私たちが大阪に引っ越してずいぶん経ってからだったのよ」

「そうだったんですか」

美帆は呟く。

「優司君、それからもずっとうちに仕送りしてきてたの。私はそういうの好きじゃないし、それに彼がやくざだって分かってからは本当にイヤだった。優司君は、そのお金だけはきれいな金だからって必死に言い張ってたけど、幾らきれいな金って言われても、そのぶん別のところで汚いお金を稼《かせ》いでいるわけじゃない。でもね、私は彼が足を洗うまで黙って受け取ってきたの。もしこれを受け取らなかったら、優司君はもう二度と堅気《かたぎ》の世界に戻って来られなくなるって分かってたから」

と美由紀が言った。

仲間優司にとって生涯の悔いとなった事件はケープタウンで起きた。

彼らがマグロ漁を行なっていた二〇〇八年当時の南アフリカは、ゼノフォビアによる外国人襲撃が多発していた。銃器を使用した強盗は日常茶飯事で、世界有数の犯罪都市と化していた。

入港して五日目の晩だった。

タクシードライバーだと名乗る男が血相を変えて船にやって来た。

この船の乗組員のナカマユウジという青年が酔って酒場で大暴れをしてしまい、いま警察に捕まって留置されている。保釈金を持ってすぐに来てほしいとの伝言をナカマから預かって来た、と彼は流暢《りゅうちょう》な日本語で語った。

その場にちょうど居合わせた健太は、「だから、あれほど飲むなと言ったのに」と一つ舌打ちをくれると、漁労長と相談し、余っていた入港金を摑んで男と一緒に警察署へと向かった。

酔っ払った優司が何も知らずに船に戻ったのはそれから二時間後のことだった。

そして、タクシードライバーと共に警察署へ出かけていった富士本健太はもう二度と船には戻らなかった。

酒を覚えたての優司は、飲み方を知らなかった。前の晩もケープのディスコで泥酔してしまい、店の外に出たところをチンピラたちに襲われ、あやうく財布と船員手帳を奪われそうになったばかりだった。そのときは健太たちがたまたま通りすがり、乱闘の末にギャング連中を追い払った。彼らは銃こそ出さなかったが、ナイフは振り回していた。腕におぼえのある優司はとにかく喧嘩《けんか》っ早かった。モンテビデオの酒場では二メートルもあるウルグアイの大男を得意の一本背負いでぶん投げて気絶させたこともあった。

強盗騒ぎの翌日だっただけに、健太も他の乗組員もニセのタクシードライバーの持ち込んだ作り話を簡単に信じ込んでしまったのだった。

健太の捜索は一週間以上にわたってつづけられたが行方は摑めなかった。現地の警察は最初から健太がすでに殺されていると見ていた。南ア駐在の日本大使館関係者に後事を託して、優司たちの船がケープタウンを出港したのは入港から二週間後のことだった。

ビールのロング缶を二本空けて、さすがに美由紀の頰も赤く染まっていた。

いつの間にか外は暗くなっていた。春だといってもまだ日が落ちるのは早い。美由紀は立ち上がってリビングのカーテンを閉めた。住宅街なので外から聞こえる物音もなかった。席に戻って、しばらく彼女は黙っていた。

「予定日はいつ？」

不意に訊いてきた。

「七月の十八日です」

「そう……」

美由紀は呟く。

「こうやって元太がいなくて、一人きりのときがたまにあるの。せいせいするんだけどね、ふっとあたりが静かになって自分の心臓の音が聞こえてきそうなときってあるじゃない。そういう瞬間、まるで一生分みたいにさみしくなるのよ。死にたくなるわけじゃないけど生きたくなくなるっていうか、ああ、私のこの人生って何なんだろうって思うの。もう元太のことも、他の全部もそっちのけにして早く消えてしまいたいような、そんな気分になるの。子供ってね、親に勇気も与えてくれるし、力も与えてくれるし、すごい愛情も与えてくれるの。母親にとっては生き甲斐そのものと言ってもいいわね。でもね、やっぱり夫とは違うのよ。私みたいに夫を早く失うと分かるんだけど、どんなものより深くて太いつながりっていうのは、知り合うまで赤の他人同士だった夫との関係なのよね。大袈裟《おおげさ》に言えばさ、何百万人何千万人の中からたった一人と一人として出会うわけでしょう。その選択っていうか偶然っていうか運命っていうか、そういうのって凄《すご》いと思う。子供は、そういう凄いことを成し遂《と》げた人たちへの神様からのご褒美《ほうび》みたいなものよね。だって、夫と違って、子供って自分が選んだわけじゃないしね」

この美由紀の言葉に、美帆は古川美和のことを考えた。彼女もまた俊彦に捨てられて、早く消えてしまいたかったのだろうか。

「じゃあ、子供が親を選ぶんでしょうか」

かつて優司が言っていた言葉も同時に美帆は思い出していた。

「どうだろ。案外、神様と相談して子供の方が親を選んで生まれてくるのかもしれないよね」

美由紀が言った。

「美由紀さんは再婚しようとか思わなかったんですか」

美帆は訊いた。

「誰と？　優司君と？」

彼女ははっきりと訊き返してくる。

「たとえば、ですけど」

美帆も誤魔化さなかった。

「どうだろ」

美由紀は瞳を凝らすような表情になった。

「もし一緒になれば彼もやくざやめてくれるだろうしって迷ったことはあったわ。ただ、優司君と一緒になるってことは、彼を元太の父親にすることだと思ったのね。そしたら、元太の父親になってもらいたいって望んでいる自分が何だかすごいずるい人みたいな気がしたんだよね。それで踏み切れなかった。彼の方はきっと私がそういう気持ちになるのを待ってたのかもしれないけどね」

美由紀は言って、美帆の目をしっかりと見た。

「でも、いま考えたらそうやって私は逃げただけかもしれないと思うの。私は本当は自分と子供のことだけ考えればよかったんだよね。子供の父親なんて女が好きに選べばいいのよ。たとえその男の実の子じゃなくたって、この男が父親にするにはいいなと思えば、その人を父親にしてもいいのよ。だって子供を産むのも育てるのも私たち女なんだから」

お腹の子供のことも、その父親のことも何も話してはいないのに、美由紀は美帆の心中を見通すようなことを言った。

「昼間、お好み焼き屋でも話したけど、あなたのおかげで自分はいまこうして生きているんだって、よく優司君は言ってた。彼が心から感謝しているのはうちの主人とあなたの二人だと思うわ。優司君って生まれてすぐからずっと施設で育ってるでしょう。だから幸せになるなり方がよく分からないのよ。健太にもあなたにも感謝ばっかりして、そのあとどうすればいいんだか見当がつかないのね。彼、あなたのおとうさんにもあなたのことを頭を下げて頼まれたって言ってたわ。それなのに自分が極道なんかになって、何もしてやれなくなったって」

突然、父のことが出てきて、美帆はひどく驚いた。俊彦はいつそんなことをしたのだろうか。

「優司君って、不幸な人だよ」

美由紀が言った。

## あじさい園

美帆は五月の末に片瀬に戻ってきた。

母の早苗がどうしても片瀬で出産して欲しいと言い張ってきかなかった。妊娠を報告したのは、富士本美由紀と大阪で会って帰京した直後だった。正也から聞いていた通りで、早苗は予想をつけていたらしく、さして驚いたふうではなかった。本多園長との交際もあり、自分の腹を痛めなかった娘の妊娠にはそれほどの興味関心はないのだろう、と美帆は勘違いしてしまった。

だが、それから二日後、突然早苗が東京に出てきたのだった。

早苗からすれば、かかった魚の大きさを見て、最初からむやみに竿《さお》を振り立てるような愚を犯さなかっただけの話だった。

以来、とにかく片瀬に帰って来てくれの一点張りだった。

美帆は仕事の都合なども持ち出して東京を離れるわけにはいかないと頑張ったが、結局は、

「だけど、それじゃあおとうさんの一周忌に出られないじゃない」

という一言で折れざるを得なかった。

たしかに俊彦の命日である七月十六日は、出産予定日の二日前だった。おまけにそのひと月後には初盆も控えていた。

早苗の喜びようは見ていて滑稽《こっけい》なくらいだった。弟の正也も「火がついたみたいだ」と呆れていたが、

「やっぱり、かあさんはとうさんのことを本当に愛していたのかもしれないな」

とも言っていた。

六月に入った途端に雨ばかりとなった。

隣接する福岡市同様、玄界灘《げんかいなだ》に面した片瀬は日本海側気候だった。東京のようにからりと晴れる日は少なく、まして梅雨《つゆ》時ともなれば一日中、灰色の雲が空を覆っている。美帆は長い東京暮らしのあいだに、気の滅入《めい》るような故郷の天気のことをすっかり忘れていた。

半月も雨つづきの日々を過ごすと、うんざりしてきた。

お腹もどんどん大きくなり、眠っていても腰骨がきしんでたびたび目が覚めた。だいいち、自分の身体が自分の想像を超えてここまで変貌《へんぼう》してしまうのが信じられなかった。世界中の女性がこの経験をしているのかと思うと、ちょっと啞然《あぜん》としてしまう。

一ヵ月も経たないうちから、美帆は片瀬に帰ってきたことを後悔しはじめていた。

その日は、十日ぶりの晴天だった。それも、めずらしいほどに空は青く高かった。美帆は早くから起き出して洗濯を済ませ、念入りな朝食を作った。窓を開けて風を入れながら箸をとると、それだけでご飯がおいしかった。食事の後、思いついて優司に電話した。

昨夕のローカルニュースで藤木《ふじき》町のあじさい祭が紹介されていた。あじさい寺として有名な瑞巌寺《ずいがんじ》の境内に今年も一万株のあじさいが美しい花を咲かせていた。

美帆はあじさいが大好きだった。

晴れた空を仰《あお》いでいるうちに、瑞巌寺のあじさいをどうしても見に行きたくなった。

昼過ぎに迎えに来た優司は、

「そげん大きなお腹で、藤木みたいに遠かとこに行って大丈夫と？」

と心配顔だった。

「当たり前でしょ。仲間君は黙って私を連れて行ってくれればいいの」

優司と会うとどういうわけかわがままになった。時折、早苗に注意されたりするくらいだった。こちらに戻ってきて、優司とは頻繁に会っていた。彼の店にもよく顔を出したし、買い物や気晴らしで外出したいときは運転手代わりに使っていた。

かすみやリリコと四人で会うこともたまにある。かすみはどうやら千葉に戻る決心がついたようだった。店はリリコに譲るつもりで、いまは彼女に手取り足取りママ修業をさせていた。

研一は相変わらず行方知れずだった。何度か立ち回り先を突き止められて警察が踏み込んだようだが、間一髪で逃走していた。噂では、自分を警察に売った優司に対して相当の恨みを抱《いだ》いているらしかった。優司にも直接警察から身辺に気をつけるようにとの連絡が入ったらしい。リリコの話では、研一たちの悪事を暴《あば》いたのはやはり優司だったようだ。

彼は、知人を介して建材会社の社長と連絡を取り、有無を言わせず被害届を警察に出させたという。

「研ちゃん、優司さんのことを父親とも兄とも慕《した》ってたから、すっごいショックだったと思う」

リリコは自分がされたことは棚に上げて、研一に同情的だった。彼女自身、まだ研一に対して未練があるのだろうと美帆は見ていた。

午後一時ちょうどに出発した。

藤木町は熊本と境を接する南の町だった。茶所で有名な八女地方東部の中核都市で、お茶をはじめとして、葡萄《ぶどう》、桃、いちごなど果物の産地としても知られていた。片瀬からだと九州自動車道を使っても片道二時間はかかった。

女岳《めだけ》のふもとに広大な敷地を有する瑞巌寺に着いたのは三時過ぎだった。優司は追い越し車線に移ることさえほとんどしなかった。美帆の方が「もっと飛ばせばいいじゃない」とはっぱをかけたくらいだった。

大きな駐車場の入口付近に車をとめ、あじさい庭園のある境内へと坂道をのぼった。気温は上昇し、おそらく三十度を超えているのではないか。少し歩いただけで額に汗が滲《にじ》んできた。急な坂では優司が手を引いてくれる。優司に触れると、美帆はそれだけで気持ちが落ち着いた。

今年の正月、久留米のラブホテルで、泣き疲れてぐだぐだになった美帆を優司は帰り際に長い時間抱き締めてくれた。上半身裸の優司に抱かれて、美帆はその胸に顔を埋めた。慶応病院で背中の刺青《いれずみ》に手を当てたときと同じ感触が全身に広がった。冷たくてすべすべした優司の肌は、泣いて火照《ほて》った美帆の頰に心地よかった。

そのうち不思議な感じに見舞われた。何か柔らかなものが自分と優司の身体を包み込んでくるようだった。美帆は目を閉じて、その感覚をさらに見極めようとした。

太く長い生き物が巻きついていた。きつくでもなくゆるくでもなく、しかし、しっかりと二人の身体を縛り上げていた。

背中の一匹龍が優司の身体から抜け出したのだ、と美帆は思った。龍は鱗《うろこ》と鱗が擦《こす》れるシャラシャラという音を立てながら、美帆と優司を一つのものにしようとしていた。

小さな石橋を渡ると、山門の手前からあじさい園は始まっていた。

手毬《てまり》型の大きな本あじさいは長雨で濃い紫色に染まっていた。美帆の好きな瑠璃《るり》色のひめあじさい、白やローズ色の豪華な西洋あじさいも群れをなして咲き競っていた。そんなあじさいの花壇が山門を越えて大きな本堂のそば近くまで延々とつづいていた。

火曜日の、しかも午後遅くとあって参詣人《さんけいにん》はほとんどいなかった。まるで目の前に広がるあじさいを全部独り占めにしているような気分だった。

美帆がスマホを取り出して、気に入った花を撮影していると、

「お参りが先やろうも」

と優司がたしなめるような口調で言った。

「この花にいまお参りしてたの」

と言うと、彼は苦笑していた。

新緑の女岳を背景に建つ大屋根の本堂は荘厳《そうごん》な雰囲気をたたえていた。美帆は合掌し、
長いこと祈りを捧《ささ》げた。隣にいた優司はさっと拝むとすぐに行ってしまった。

階段の下で待っていた優司に、

「仏様や神様にはちゃんと掌《て》を合わせないと駄目じゃない」

と美帆は言った。さっきは参拝が先だと急《せ》かしたくせにと思っていた。

「俺は神様に顔向けできんことばしすぎとるけん怖かと」

優司がいつものぶっきらぼうな口調で言う。

並んであじさい園の方へ歩き始めると、優司は正面を向いたまま、

「腎臓一個なくしたくらいじゃ、とてもおっつかんよなあ」

と言った。

美帆は、何気なく洩らした彼のその一言が妙に耳に残った。

あじさい園を見て回ったあと、門前の豆腐料理の店で遅い昼食をとった。

店を出たときには、すっかり人気もなくなり、空にはいつの間にか厚い雲が垂れ籠《こ》めていた。あたりはしんとした静けさに包まれていた。時刻は四時半になるところだった。

駐車場を目指して参道を下っていると、突然、雨粒が落ちてきた。

駆け足ともいかず、次第に勢いを増していく雨に打たれながら車までたどり着いた。

「まるでペンギンやな」

がにまたでちょこちょこ走る美帆を見て優司が笑った。

車のシートに座り込んだとたん、雨脚は一気に強くなった。

優司がエンジンを掛けようとエンジンボタンに手をのばすと、稲光がひらめき、ものすごい雷鳴が轟《とどろ》いた。直後、バケツの水でもぶちまけたような豪雨へと変わった。稲妻が走り、雷鳴が立てつづけに天に響き渡る。

「こりゃ、しばらく雨宿りやな」

手を引っ込めた優司が呟いた。

車は駐車場の入口付近にとめてあるから、瑞巌寺の幾つかの建物や背後の山々が見渡せるはずなのだが、いまは水煙のせいで何一つ見えなかった。

そのうち雷はおさまった。篠突《しのつ》く雨は一向に弱まる気配を見せなかった。

優司がエンジンを掛けてエアコンをつける。冷風が胸元や足元に吹きつけてきて、汗ばんだ肌に気持ちがよかった。

優司は運転席のシートを倒し、身体を斜めにした。美帆も彼に倣《なら》って助手席のシートを倒した。

しばらく二人とも無言で雨に煙る景色を眺めていた。

「先週、久しぶりに大阪に行ってきた」

不意に優司が言った。

「四月に美由紀さんと会ったんやな。大阪で初めて聞かされた」

美帆は別に美由紀に口止めしたわけではなかった。だが、優司の様子からして彼女は何も言っていないのだろうとは思っていた。

「父が、私のことを頼むって仲間君に頭を下げたってほんと？」

かねて疑問だったことを訊ねた。

「頼むっていうか、先生がヘンなことば言うたのは本当や」

「いつ」

「一度、桜花園に訪ねて来てくれたて言うたろ。あんとき」

「仲間君のためならお金でも何でも出すって言った日？」

「そうや」

「ヘンなことって何」

隣の優司を見ると、苦虫を噛《か》み潰《つぶ》したような顔になっていた。

「何かしらんけど、いつか小柳ば嫁さんにしてやってくれみたいなことやった」

「何、それ」

「俺もよう分からん」

「ふーん」

美帆はどうしてだか自分の顔が真っ赤になっているのが分かった。胸の鼓動も速くなっていた。

一度大きく息を吸った。手を口許へ持っていき、一つ咳払《せきばら》いをした。

「私のおかげで生きていられるってどういうこと？」

美帆はついにあのときのことを優司に向かって口にした。

「私、仲間君のこと助けてあげられなかったのに」

急に優司のシートが持ち上がった。慌てて美帆も元に戻した。

「そうやない」

怒ったような声で優司が言った。

視線は真っ直ぐにフロントガラスの先に向けていた。外の雨もだんだん小降りになってきた。雨音も鎮《しず》まり車の中は静かだった。

「俺は、あんとき雅光兄さんの手ば自分から離したと」

美帆は思わず優司の横顔を凝視した。

「正也ば先生に渡して、雅光兄さんの腕ば摑んでだんだん身体が持ち上がっていった。ちょうど土手のへりから目のあたりまで出て、ハラハラしながら見とるお兄さんやお姉さん、子供たち、大人たち、大勢の人が見えた。そんとき、何か、俺はもうそっちの世界には戻りたくないなあって思った。もう十分や、短い人生やったけど、俺にはもう腹いっぱいやって思ったと。早く静かな世界に帰って楽になりたかなって、ふっとそういう気がした。だけん、俺は自分から雅光兄さんの手ば切った」

そこで優司は言葉を止め、しばらく無言だった。

「川に落ちて、流されながら手も足も動かさんかった。このまま川底に沈めばそれで全部終わりやって思っとった。水に沈む直前やった。何でやろう。どうして見えたんか俺にもよう分からん。やけど沈む寸前、俺にはお前が見えた」

優司はまた言葉を止めた。正面を向いたまま、唇を嚙み締めていた。

「お前が土手から服のまま飛び込んだのを見て、俺は仰天した。一生であげん驚いたことはなか。お前、あの日、泳いどらんかったやろ。白いワンピース着て白い傘さして河原にずっと座っとっただけやったろ」

美帆は黙って優司を見つづけていた。彼の大きな瞳からわずかに涙が滲んでいるのが分かった。

「俺は動転した。こげな俺のために命ば投げ出す馬鹿がおるとは思うとらんかった。俺は必死で手足ば動かした。俺のために飛び込んだお前ばどうしても助けないかんと思った。お前だけはどんなことがあっても死なせられんと思うた。俺は、あんときお前のために生きないかんて心底思った。だけん、目を覚ましたときお前の姿ば見て、俺は声も出んかった。一生であれほど嬉《うれ》しかったことはなかった。お前が生きとったこと。そして生きたお前とまた会えたこと。もうあげん嬉しかことは二度とないと俺は思うとる」

美帆は、川に落ちていくときの優司の笑みを思い出す。咄嗟《とっさ》になぜあんなことをしたのか分からない。ただ、あの笑みを浮かべた少年をこのまま死なせてはいけないと思った。気づいたときには土手から飛んでいた。追いかけて雅光兄さんが決死の思いで飛び込み、何とか岸に連れ戻してくれなければ美帆は確実に溺《おぼ》れ死んでいただろう。

「だけど、仲間君は正也のために命を投げ出してくれた。私が仲間君のために飛び込むのは当たり前だよ」

美帆は言った。

「そうやない」

優司はまた怒ったような声を出した。

「俺は誰よりも泳ぎが得意やった。正也が流されたのを見たときやって、俺なら追いつけるて自信があった。やけどお前は違うやないか。体育の授業んときやって、お前は水泳はいつも休んどったろうが。あんときお前は俺のために死のうとした。今度は俺がお前のために死ぬのは当然の話やろうが」

彼はそう言うと、まるで睨みつけるような目で美帆を見た。

三十分足らずで雨は嘘のように上がった。雲間からみずみずしい陽光が降り注いでいた。

「あれ」

美帆がフロントガラス越しに空の方を指差した。日が照りはじめてサングラスをかけた優司がその方角に顔を向ける。「おう」という声が出た。

瑞巌寺のうしろの山間《やまあい》に美しい虹《にじ》がかかっていた。

ひかりって、きれいなものをどんどんきれいにしてくれるよね——リリコの言葉をなぜか思い出した。美しい雨上がりの茜空《あかねぞら》を、ああやってひかりが七色の虹で飾ってくれているのだろう。

美帆は助手席のドアを開けて、外に出た。

優司もすぐに降りてきた。

晴れているのに霧のような雨が降っていた。

優司がトランクから傘を出し、隣に来てさしかけてくれた。

「きれいかなあ」

サングラスを外して優司が言った。

こうして優司と二人で虹を見ている。いつかこんな日が来ることを自分はむかしから知っていたような気がする。ふと美帆はそう思った。

不意にお腹の赤ん坊が激しく動いた。

その瞬間、背後で車が急発進するときの悲鳴のような音が聞こえた。

美帆と優司が同時に振り返った。

大きなランドクルーザーが二人をめがけて突進してきた。運転席の男の姿がはっきりと見えた。坊主頭《ぼうずあたま》の巨体の男。何か叫び声を上げていた。

二人にぶつかる直前、ヘッドライトが点灯した。

優司が眩《まぶ》しそうに顔を背けた。それが、美帆が見た最後の光景だった。

## 二歳の子

「よいしょ、よいしょ」と言いながら龍司《りゅうじ》は一生懸命に階段をのぼる。

美帆の右手にしっかりと摑まっている。龍司の小さな爪《つめ》が掌に食い込んでちょっと痛い。日に日に力が強くなる。いまでは公園を一緒にかけっこできるほど足も速くなった。

「龍ちゃん、あとすこしよ、頑張って」

美帆は声を掛ける。

「うん」

顔を真っ赤にした龍司が頷いた。

ホームの階段をのぼりきると、跨線橋《こせんきょう》の上で美帆は龍司を抱き上げた。下りの階段は危ないということもあるが、つい我が子の柔らかな身体に触れたくなってしまう。

龍司は今月で二歳と五ヵ月になった。

当時の美帆は二歳と二ヵ月。女の子だからきっといまの龍司くらいにちゃんと歩けただろう。

自分も母の手につながれてあのホームの階段を上がったのだろうか。

二月の風は、今日よりもさらに冷たかったはずだ。きっと母親のあたたかな手を必死に握り締めていたと思う。

まさかその同じ手が、ほどなく団地の九階の踊り場から自分を投げ捨てるなんて、露ほども思っていなかったに違いない。

想像すると身体が震えてくる。余計に龍司を強く抱き締めてしまう。

跨線橋を渡り、駅の改札を抜けて外に出た。

板橋に住んでいた母は、なぜこんな横浜のはずれまでやって来たのか。

ずっと自律神経失調症に悩んでいたという。そのために通っていた病院で父と出会った。父に捨てられ、美帆を産み、仕事と住まいをいっぺんに失い、頼りにしていた実母にまで先立たれてしまった。生きる気力を失った彼女の気持ちは分からなくはない。

だが、二歳の娘を連れて見ず知らずのこんな場所にたどり着き、しかも、自分が飛び降りる直前に我が子を先に投げ落とすなど、およそまともな人間の所業とは思えない。

母は怖かったのだ。

死にたくはあっても、死ぬのが怖かった。だから、最初に美帆を投げた。娘を殺すことで自らの退路を断とうとした。

その人間としての臆病《おくびょう》さ、卑《いや》しさが美帆にはどうしても許せなかった。

母は芝生に仰向《あおむ》けに倒れた娘を見下ろして、死んだと思ったのだろうか。

おそらく、そんな確認をする間もなく身を投げたのだろう。

まさか、美帆が生きて、落下してくる自分を見ているなどとは思いもよらずに。

あの右の腿の内側にあった大きな赤い痣《あざ》は生まれついてのものではなかった。

母親に投げ捨てられた美帆は、植え込みに落ち、大きく跳ねて芝の上に投げ出された。

そのときどこかに打ちつけてできたのが、あの赤い痣だった。

施設に預けられたあともしばらくのあいだ腿に包帯を巻いていた。

高校二年の夏の日、美帆はその記憶を取り戻した。

早苗はそれを知っていたのだろうか。

だから、どうしてもあの痣を取り除きたかったのか。

駅前には大きな建物はなく、まっすぐの並木道が伸びていた。

銀杏《いちょう》だった。ビルに邪魔されることなく思う存分に舞っている木枯《こが》らしにハラハラと黄色い葉を散らしていた。

いまでも物寂しい風景だった。

三十五年前はもっと侘しかっただろう。駅からつづくこの真っ直ぐな道の両脇は畠《はたけ》や田《たん》圃《ぼ》だったのかもしれない。

母は何を思ってこの道を歩いたのか。

こうして龍司を連れて同じ道を歩いてみても、美帆には想像もつかなかった。

強い風が吹くたびに、龍司が「さむい、さむい」と声を上げる。美帆は立ち止まり、首に巻いたマフラーを口許まで引き上げてやる。

龍司はだんだん父親に似てきた。寒がりなんて似なくていいのに、と思う。いや、あんな男に何一つ似る必要はないのに。

黒川丈二は二年前の衆参同日選挙で、公認を外された現職を降《くだ》して衆議院議員に当選した。七月下旬、初当選を喜ぶ彼と夫人の姿を、生後わずかの龍司を抱いてテレビで観た。何の感慨も湧いてはこなかった。

龍司は二〇二五年七月十六日、父の一周忌の日に誕生した。六月の事故の影響もなく、三千二百グラムの元気な赤ちゃんだった。かすみやリリコの話によれば、龍司の産声《うぶごえ》を市民病院の分娩《ぶんべん》室前の廊下で聞きつけた母は、人目もかまわず涙を流したという。

人通りの少ない道を十分ほど歩くと、大きな団地が見えてきた。

いままで何度も訪れようとして、一度も足を運ぶことのできなかった場所にようやく来ることができた。

美帆は龍司を抱き上げ、ためらうことなく団地の入口を通り過ぎた。

敷地に入ると草ぼうぼうの空き地が目立っていた。広い空き地を囲むように新しい団地が建っていた。昼時だったが、人の姿はほとんど見かけない。向かって左は建築途中の建物で、建築作業員たちがどこかのんびりとした様子で働いていた。

美帆は右の道を選んだ。

建物はこうして建て替わっているだろうと予想していた。だが、目指す十号棟はきっとまだある。美帆には確信があった。

龍司は腕の中で眠ってしまったようだ。耳元にかすかな寝息が聞こえてくる。

さいわい風はやんでいた。風がなければ晴れ渡った空の下、ひんやりとした空気が肌に心地よかった。

ずいぶん重くなった。こうやって抱きつづけていると両腕が痺れてくる。

きっと自分は、抱かれることも眠ることもなく、母に手を引かれて従順にこの道を歩いたのだろう。

十号棟はすぐに見つかった。

思ったより古びていなかった。外装や設備は幾度かあらためられたに違いない。白く塗られた九階建ての建物は巨大だった。

近づいても、思い出すものは何もなかった。棟にも周辺のたたずまいにも見覚えはなかった。だが、永妻克子の報告書によれば、母はここの九階の踊り場から身を投げて死んだ。

周囲を一巡《ひとめぐ》りしてみた。外階段は建物の両端についていた。母がどちらの階段をのぼったかの見当はついた。正面玄関に向かって左端の外階段の方はポンプ室なのか電気室なのか背の低い建物が附設されていた。顔を上に向けてみた。最上階の踊り場から落ちれば、まず間違いなくあの建物の屋根に激突してしまう。

母は右の階段を選んだのだ。右には小さな公園があった。灌木《かんぼく》のようなものはなかったが、公園との仕切りのところに幅二メートルほどの芝が植えられていた。

また上を向いてみる。あそこから身を投げれば、ちょうど芝のあたりに落下するだろう。

美帆は龍司を抱いて、芝地まで行った。下腹に負担がかからないよう慎重にしゃがんだ。

芝に手を触れる。眠っている龍司がむずかってすぐに手を戻した。この芝の上に寝そべってみたかった。仰向けに寝て自分が落とされた場所を見上げれば、忘れていた記憶の一部が甦《よみがえ》ってくるかもしれない。

美帆は立ち上がった。また風が出てきている。あまり長居するわけにもいかない。

正面玄関から十号棟の中に入った。入ってすぐ左手にエレベーターがあった。母がエレベーターを使ったのか、それとも階段で九階まで上がったのか分からなかった。ただ、彼女も二歳の子供を連れていたのだ。恐らくエレベーターに乗って最上階のボタンを押したものと思われた。

旧式のエレベーターはゆっくりと上昇していった。九階に到着し、右の外階段を目指して開放廊下を歩いた。三十メートルくらい進んだ突き当たり、９０１号室の先に階段があった。七段降りるとそこが踊り場だった。

コンクリートの塀は美帆の胸の高さほどだった。美帆は抱いていた龍司を下ろした。龍司がいやいやするようにしがみついてくる。

「龍ちゃん、ちょっと起きてちょうだい」

美帆はやや強い調子で言った。

「龍ちゃん、起きて」

両手で龍司の身体を引き剝がす。むずかりながらも龍司が目を開けた。とたんに不思議そうな顔つきになって周囲を見た。

「高いところだから、ちゃんとママの手に摑まってね」

美帆は左手で龍司の右手をしっかりと握った。

母親の足元に寄り添い、龍司はぎゅっと握り返してくる。

美帆は目をつぶった。まだ身を乗り出して下を見ることはできなかった。


二歳の私。

ここで私は母に持ち上げられた。母が一体何をするつもりかなんて分からなかった。私を抱いた母は半身を塀にくっつけるようにして、私を塀の外へと押し出すようにした。母の腕だけに支えられ、私は中空に浮かんだ。そのときになって自分が落とされることに気づいた。私は下を見た。恐ろしさに胸がつぶれそうになった。私の両脇を摑んでいた母の腕がゆっくりと伸びていく。母の顔が底知れぬ苦痛に歪《ゆが》んでいた。私は叫んだ。

「おかあさん、やめて！」

美帆は目を開けた。

何かが違う。何かが全然違っている。そんな気がした。

身を乗り出して下を覗いた。想像以上に高かった。公園の中の砂場、ブランコ、ベンチが掌にすっぽりおさまる大きさに見えた。顔を上げた。古い団地はもうほとんど残っていない。この十号棟とその隣にある二つの棟だけだった。団地の入口で建設中の建物はすでに半分ほどできあがっていた。

顔を上に向けた。

十二月の澄んだ空が広がっていた。

透明な光が瞳の奥へと射《さ》し込んでくる。息を吸うと目の中の光は七色に変化する。

研一のランドクルーザーが突進してきたとき、美帆はお腹を守るように背を丸めた。腰のあたりに激しい衝撃を感じた。気づいたときにはまるで鞠《まり》のように宙を飛んでいた。不思議と心は平静だった。何かが自分とお腹の子供を包み込んでくれているのが分かった。それは、優司に強く抱き締められたときの感覚とよく似ていた。きらきらと輝く一匹の龍が長い胴体をくねらせながら、美帆の身体に巻きついていた。

目覚めたときは、病院のベッドに寝ていた。不安そうな顔の母がいた。

「赤ちゃんは？」

美帆は言った。

「大丈夫よ」

母が答えた。

二歳の私。

母と一緒に歩いていた。長い長い道。私の右手は母の左手としっかり結び合わされていた。母は歩きながら時折、私の方を見た。何か言っている。何だろう。次第に私はくたびれてきた。おかあさんはどこに行くのだろう。私はあとどれくらい歩けばいいのだろう。私は途中で足を止めたくなる。母に抱き上げてほしい。だけど、それは無理だった。どうして？　だって母は右手に大きな紙袋を提げているのだから。

踊り場に来ると、母はようやく私を抱き上げた。何度も何度も頬ずりしてくれた。何か言っている。言いながら母は泣いていた。

母と一緒に私は塀の上へと向かっていく。紙袋から出した脚立のようなものに足を掛け、母は一歩一歩上がっていく。そのたびに私の身体に冷たい風が吹きつける。私は寒くて母の胸にしがみつく。母が強く強く抱き締めてくれる。

母は塀の上に立った。すっくと真っ直ぐに立った。

私は母に抱かれて空を見ている。

真っ青な空。少し寒いけれど、もう平気だった。

母の腕に力が籠もった。母の身体が宙に浮いた。そして私の身体も。

私は震える声で訴えた。

「おかあさん、こわいよー」

スプーンのときとおんなじだ、と美帆は思った。

全身をばたつかせながら金切り声を上げて美帆の目の前に落ちてくるスプーン。あれは
美帆が勝手に作り出した心象でしかなかった。

私は母が落ちるところなど見てはいなかった。私は母に落とされたのではない。母は私を抱いてここから一緒に飛び降りたのだ。

私はどうして助かったのだろう。私の身に何が起きたのだろう。私は何も憶えていない。

ただ、母が最後の最後まで私をしっかりと包み込んでくれていたことだけは、何となく分かる。

私は久しぶりにありありと思い出していた。

五年生の春に剝ぎ取られた右腿の内側のあの痣のことを。

早苗が蛇のようで気味が悪いといつも言っていたあの痣の真実の形状を。

「おかあさん」

美帆は空を見つめたまま呟く。

瞳からみるみる涙が溢れ出してきた。

「おかあさん、ごめんね」

だんだん視界がぼやけてきた。

「おかあさん、一人ぼっちで死なせてごめんね。ずっと恨んできてごめんね」

美帆は顔を空に向け、立ち尽くして泣いた。声を立てず静かに、ずいぶん長い時間泣いた。

左手に強い力を感じて、我に返った。急いで涙を拭《ぬぐ》った。

龍司が不安そうな表情で見上げていた。

「ごめんね、龍ちゃん。さあ、帰ろう」

龍司が無言で頷いた。

団地を出ると、通りかかったタクシーを拾った。シートに座ると龍司を膝に載せて抱き締めた。すこし身体が冷えているようだったが、「寒い?」と訊くと首を横に振った。

お腹にわずかな違和感があった。

冷えたのは自分の方かもしれないと美帆は思った。もうすぐ六ヵ月になる。安定期だから問題はないと思うが。

タクシーは五分ほどで駅に着いた。

降りると龍司は、美帆の手を振り切って改札口へと一目散に駆け出していった。

「龍ちゃん、走らないで」

美帆の注意など耳に入っていないようだった。

改札のそばに男が立っていた。龍司が駆け寄っていくと、男はしゃがんで大きく手を広げた。

龍司を抱き取って彼はゆっくり立ち上がった。

サングラスをかけた浅黒い顔が美帆を見ていた。

その口許に、はにかんだような笑みが浮かんでいる。

# 解説――Awake The Dragon In Your Heart

コンテンツディレクター 宮川素実《みやかわもとみ》

文庫版の『心に龍をちりばめて』（新潮文庫）が刊行される際に、出版社で編集者をしている妹から電話がかかってきた。「担当している白石一文《しらいしかずふみ》先生の作品が今度文庫になるんだけど、装幀に英題を入れたくて。このタイトルを訳してくれない？」と。

私は思春期をアメリカで過ごしており、今は外資の会社Amazonで日々英語を使って仕事をしている。妹からはしばしばこのような翻訳にまつわる相談を受けることがあったが、本作品は私も思い入れがある作品だったので、かなり嬉《うれ》しかった。確かに、このタイトルのニュアンスを英語で表現するのは難しい。結局、実際の文庫本のカバーには小さく「Dragon In Your Heart」と入っているが、本当は「Awake The Dragon In Your Heart」としたかった。Awakeには、目覚める、呼びおこす、という意味がある。なぜなら、私自身がこの作品によって、細胞に眠っていた感情が龍のように体の中を駆《か》け巡《めぐ》る経験をしたからだ。

あのとき、この作品に出会い、この感情の存在に気付いてしまったことで、私は初めて自分の直感を信じて自立し、自分の家族（結婚）を決めた。今思えば、この作品を読んだことで、私の人生は少なからず変わったといえる。まるで本当の心がようやく目覚めたかのように。

『心に龍をちりばめて』は、不遇な時代をそれぞれ生き抜いた男女のすれ違いと、それを乗り越えていく過程で、幼少期のトラウマや、社会や親から刷り込まれた「結婚」「家族」「母」という概念から自身を解放し、自分なりに生き方や家族を決めていく物語だ。

主人公の小柳美帆《こやなぎみほ》は、産みの母親から捨てられ、養子に行った家族に複雑な思いを抱《かか》えて幼少期を過ごす。中学時代、片瀬川《かたせがわ》で溺《おぼ》れた弟の正也《まさや》を、同級生の仲間優司《なかまゆうじ》に救ってもらう。大人になって再会した二人だが、美帆にはエリート記者でその後政界を目指す黒川《くろかわ》丈二《じょうじ》という恋人がいた。長年付き合ってきた丈二が別の女性と浮気していることを知った美帆は、またも家族や結婚という概念に裏切られる。一方の優司には忘れられない女性の存在があり、美帆はその関係にも介入していく。やがて美帆は、丈二から結婚をせまられ、引き返せない段階になりつつあることを知るのだが、自分が信頼できない人間と生きていくことに悩み、ある復讐《ふくしゅう》を試みる。

優司も、家族に振り回される幼少期を過ごし、中退を余儀なくされた挙句《あげく》、ヤクザの道に入ることになるが、大変な思いをして極道から足を洗った過去がある。ぶっきらぼうなくらい率直で、自分や他人を守るためなら暴力も辞さない。

特に弱い者や自分を助けてくれた人間には思いやりや仁義を通す。美帆が葛藤《かっとう》している「家族」と違って、優司にとっては、彼が情を感じて、義理を果たしたいと思う相手が、「家族」なのだ。作中では、美帆だけでなく、血のつながりもない他人の人生に大きな救済と影響を与える。薬物中毒から救い出し、経済的に支え続けたり、自業自得《じごうじとく》で窮地《きゅうち》に立たされているだけとも思える人物のために奔走《ほんそう》したりする。

なかでも私が好きなのは、公園でリンチされているホームレスがいるのを見て、間髪《かんはつ》を容《い》れず助けに行く場面。そのあと、その人を助けたことによって大事件になるのだが、優司は居合わせた美帆に迷惑がかからないように、最後まで美帆を守るべく責任を果たす。

初めてこの作品を読んだのは、二〇一〇年の初夏、ロンドン行きの飛行機の中で、シャンパンを流し込みながらだった。それは前述したように、私がちょうど家族から離れ、イギリスで結婚しようかどうか考えていたタイミングだった。

正直なところ、私は言語的な人間ではない。自分の気持ちや感覚には自覚的で正直だったけれど、それを言葉にするのはいつも苦手だった。だから、言語が優勢なこの世界と対《たい》峙《じ》すると、いつもどこか、自分の中の言葉に昇華できない感覚が正しいのか心許《こころもと》なく感じてきた。特に幼少期は、漠然と「母の期待に応《こた》えたい」という長女特有の思考が強い子どもだったのだが、それが本当に自分の心が望んでいることなのかどうか分からないという葛藤がずっとあった。その一方で、母に従って自分の直感を押し込めて生きていくことで、すべて母のせいにできる楽さを感じていたりもした。

ロンドンに向かう機上でも、そんな葛藤を引きずっている子ども時代からまだ完全に決別できない自分がいた。しかし本書を読み終えて、飛行機が着陸するころには、私はなぜか自分の中にあった、言葉では説明ができない感情を、初めて、無条件に信じることができるようになっていた。そして同時に、「ママ、ごめんなさい」とも思っていた。

それから間もなく、私は結婚式を挙げて海外で生活を始めた。結婚式での母の泣き顔は、今まで見たことのない顔だった。母のことが好きすぎて、だから、母が娘にどういう行く末を求めていたかは想像できた。それなのに、私が決めた結婚は、母への裏切り行為のようにも思えた。あの日が、私が真の意味で親離れができた日でもあったと思う。あの切ない涙を忘れてはいけないと、自分の選んだ家族を作っていかなければと、私なりに奮闘していた気もする。

美帆は、優司に出逢《であ》ったその日から、「この人だ」と本当は分かっていたと私は思うのだ。でも、美帆を支配していた不安や不信で、細胞レベルではとっくに知っていることを信じる強さを得るまでに、時間が必要だったのではないだろうか。私もそうだった。本書に出逢えたことで、優司と過ごした美帆がそうなったように、私も自分の心に素直になれる強さを得たのだと思う。

最初に出逢ってから十四年後の今年、タイトルを『強くて優しい』に改題し、物語の時間軸を二〇二四年にアップデートした本作品を、私は偶然にもまたもやロンドンへと飛ぶ機上で読んだ。お酒は飲まなかった。この十数年で世の中はずいぶんと変わったし、結婚、家族、出産などの概念もどんどん多様化してきている。それは、自分なりの幸せを見つけたら、それを摑《つか》んで貫《つらぬ》いた美帆のような人間が、増えてきた証拠でもあると思う。

この作品が胸に響くのは、描かれているものが人生の本質的な、というより唯一重要なテーマだからであると思う。そして、十四年も歳《とし》を重ねたにもかかわらず、当時この作品が呼び起こした私の中の龍を、今でも変わらず同じように感じられたのはとても新鮮だったし、あの時この作品に出逢えたことに改めて感謝した。そして、この十数年、自分が決めてきた数々の出来事に何の悔《く》いもないことに幸せを感じた。

今回解説の依頼をいただいたとき、正直、何かの間違いなのでは、お断りしなくてはと考えた。私は文章のプロでもないし、解説なんて滅相《めっそう》もない……と思ったのと同時に、運命を感じてしまった。私にとって、誰かのせいにしたり、責めたりすることでしか進まない人生から決別させてくれた本作。この作品が、読んだ人の人生を突き動かすことを伝えたいと思い、僭越《せんえつ》ながら、今こうして苦手な文章を書いている。そんな気持ちで当時を思い起こしながら言葉を連ねている最中だった、大好きな母が急逝したのは。

美帆が自分の生き方を見つけることができたのは、優司という大きくて強靱《きょうじん》な存在があったから。

美帆の弟が川で溺れたとき、優司は自分の命を危険にさらしてすぐに飛び込んで彼を助けた。この無私の行為のあと、優司から美帆は、「俺は、小柳のためならいつでも死んでやる」と言われるのだが、私は優司が美帆の美貌《びぼう》に惹《ひ》かれてそう言っているだけだとずっと思っていた。だが本当は、美帆の容姿に惹かれていたわけではない。優司も美帆に救われていたということが、終盤明らかになってくる。

優司は、美帆が自分のためにしてくれたことをずっと忘れずにいて、いつでも彼女に命を懸《か》ける覚悟を持ち続けていた。美帆と優司、このふたりの生き方は、無償の愛の連鎖そのものだと思う。優司にとっては、もうずっと美帆は「家族」だったのだ。

十四年前に読んだとき、私は母に、美帆の育ての母である早苗《さなえ》を重ねていた。だが今回読んではっきりしたのは、私も母に優司と同じような愛情を注いでもらっていたということだった。

最近、母が言ったことでビックリしたことがあった。「もう、血筋とか、家柄とか、血縁とか、そういうのって古いと思うのよね。みんな地球に生まれたもの同士、一人ひとりができることを、相手を見つけてやっていくべきだと思うの」

自分が生んだ娘だから、ということだけが大事な人なのかと思っていた。

実際母は、子育てがひと段落してから本当にさまざまな人と付き合い、その向き合い方はただの友人というより、もっと近くて大事な親密さを帯《お》びていたように思う。またこの数年間、毎年滞在する八ヶ岳《やつがたけ》で凍《こご》え死にそうな猫を保護しては、里親を見つけていたりした。「たまたま見かけちゃったのよ。そうしたら心配になっちゃって、居てもたってもいられなくなっちゃった」と言っていた。その猫たちに母は名前を付けず、みんな、ミャーさんであった。きっと情が移って手放せなくなることを避けるためだったのだと思う。

私に対しても母は最近、自分からたまたま生まれてきたから出逢った一人の人間として、見てくれていたように思う。それでも、私を取り巻く様々なチャレンジを自分事のように受け止めて応援してくれた。家でオンライン会議をしていると、いつの間にか玄関のドアに手作りの野菜スープやごはんが置いてあって、「お仕事頑張ってね。スープは豆乳で割ると更に身体によいです」等のメモがついていた。

葬儀で出逢う母のお友達は、私と似たようなエピソードをたくさん話してくださって、母が娘だけでなく、自分の想う人には自分ができる限りの愛情を注いでいたことを知った。

それが（私の解釈では）優司の、子供が親を選んでこの世に出てくるのであって、親が子供を産むのではない。人間は自分の意志で、自分の力だけで生まれてきたのだから、一人ひとりが自分の意志で家族を作ることができるのだ。自分が決めたその者たちにできる限りの情をかけるのが義である、という生き様とシンクロした。優司も母も、もしかしたら自分の人生の葛藤や痛みや寂しさを、他者とのつながりや他者への憐憫《れんびん》に変えていたのかもしれない。だとしたら、なんて優しい生き方なのだろう。

今回、「この人だ」と決めた人に、愛情をもって生きていくことが自分にとってどういうことなのか、本書がふたたび教えてくれた。今私は、最愛の家族がいなくなったことで、これから自分がどういうふうにこの穴を埋めていくのかは未知だ。けれど、「家族」の在り方を教えてくれた、本書と母に、改めて心から感謝を伝えたい。

《取材協力》
村上祥子
工藤玲子

《参考文献》
村上祥子・文、中山庸子・絵『電子レンジに夢中』（講談社）
村上祥子『村上祥子の英語で教える日本料理』（ランダムハウス講談社）
有元葉子『だれも教えなかった料理のコツ』（筑摩書房）
ワタナベマキ『少しのことでラクになる　ごはんづくり帖』（大和書房）
斎藤健次『まぐろ土佐船』（小学館文庫）
夏原　武『現代ヤクザのシノギ方』（宝島社文庫）

（本書は平成二十二年十一月、新潮社より刊行された『心に龍をちりばめて』を改題の上、著者が改稿・修正したものです）

一〇〇字書評

切り取り線

**購買動機**（新聞、雑誌名を記入するか、あるいは○をつけてください）

□（　　　　　　　　　　　　　　）の広告を見て
□（　　　　　　　　　　　　　　）の書評を見て
□ 知人のすすめで　　□ タイトルに惹かれて
□ カバーが良かったから　　□ 内容が面白そうだから
□ 好きな作家だから　　□ 好きな分野の本だから

・最近、最も感銘を受けた作品名をお書き下さい

・あなたのお好きな作家名をお書き下さい

・その他、ご要望がありましたらお書き下さい

| 住所 | 〒 | | | | |
|---|---|---|---|---|---|
| 氏名 | | 職業 | | 年齢 | |
| Eメール | ※携帯には配信できません | | 新刊情報等のメール配信を 希望する・しない | | |

この本の感想を、編集部までお寄せいただけたらありがたく存じます。今後の企画の参考にさせていただきます。Eメールでも結構です。

いただいた「一〇〇字書評」は、新聞・雑誌等に紹介させていただくことがあります。その場合はお礼として特製図書カードを差し上げます。

前ページの原稿用紙に書評をお書きの上、切り取り、左記までお送り下さい。宛先の住所は不要です。

なお、ご記入いただいたお名前、ご住所等は、書評紹介の事前了解、謝礼のお届けのためだけに利用し、そのほかの目的のために利用することはありません。

〒一〇一－八七〇一
祥伝社文庫編集長　清水寿明
電話　〇三（三二六五）二〇八〇

祥伝社ホームページの「ブックレビュー」からも、書き込めます。
www.shodensha.co.jp/bookreview

祥伝社文庫

強《つよ》くて優《やさ》しい

令和 6 年 7 月 20 日　初版第 1 刷発行

著　者　白石一文《しらいしかずふみ》
発行者　辻　浩明
発行所　祥伝社《しょうでんしゃ》
東京都千代田区神田神保町 3-3
〒 101-8701
電話　03（3265）2081（販売部）
電話　03（3265）2080（編集部）
電話　03（3265）3622（業務部）
www.shodensha.co.jp

印刷所　堀内印刷
製本所　ナショナル製本
カバーフォーマットデザイン　芥 陽子

 ISBN978-4-396-35065-9 C0193

## 祥伝社文庫の好評既刊

千早　茜　さんかく

食の趣味が合う。彼女ではない女性と同居する理由は、ただそれだけ。三角関係未満の揺れ動く女、男、女の物語。

彩瀬まる　まだ温かい鍋を抱いておやすみ

食べるってすごいね。生きたくなっちゃう――大切な「あのひと口」の記憶を紡ぐ、六つの食べものがたり。

井上荒野　ママナラナイ

老いも若きも男も女も、心と体は刻々と変化する。ままならぬ、制御不能な心身を描いた、極上の十の物語。

井上荒野　赤へ

ふいに浮かび上がる「死」の気配。そのとき炙り出される人間の姿とは。直木賞作家が描く、傑作短編集。

井上荒野　もう二度と食べたくないあまいもの

男女の間にふと訪れる、さまざまな「終わり」――人を愛することの切なさとその愛情の儚《はかな》さを描く傑作十編。

泉ゆたか　横浜コインランドリー

困った洗濯物も人に言えないお悩みもコインランドリーで解決します。心がすっきり&ふんわりする洗濯物語。

# 祥伝社文庫の好評既刊

瀧羽麻子
## あなたのご希望の条件は

転職エージェントの香澄は、自身の人生に思いを巡らせ……。すべての社会人に贈る、一歩を踏み出す応援小説。

瀧羽麻子
## ふたり姉妹《しまい》

東京で働く姉の突然の帰省で姉妹の確執が⁉ 正反対の二人がお互いと自分を見つめ直す、ひと夏の物語。

桜井美奈
## 相続人はいっしょに暮らしてください

突然ふってわいた祖母の遺産相続に戸惑う佳恵。家族に遺されたのは、簡単には受け取れないものだった——。

五十嵐貴久
## 愛してるって言えなくたって

一時の迷いか、本気の恋か？ 妻子持ち三十九歳営業課長×二十八歳新入男子社員の爆笑ラブコメディ。

五十嵐貴久
## ウェディングプランナー

夢の晴れ舞台……になるハズが⁉ 結婚式のプロなのに自分がマリッジブルーに。さらに、元カレまで登場し——。

五十嵐貴久
## 編集ガール！

出版社の経理部で働く久美子《くみこ》。突然編集長に任命され大パニック！ 問題ばかりの新雑誌は無事創刊できるのか⁉

# 祥伝社文庫の好評既刊

小野寺史宜

ひと

両親を亡くし、大学をやめた二十歳の秋。人生を変えたのは、一個のコロッケだった。二〇一九年本屋大賞第二位！

小野寺史宜

まち

幼い頃、両親を火事で亡くした瞬一は、高校卒業後祖父の助言で東京へ。下町を舞台に描かれる心温まる物語。

大木亜希子

人生に詰んだ元アイドルは、赤の他人のおっさんと住む選択をした

アラサーの元アイドルとバツイチ中年おやじが同居⁉ 恋愛や将来の不安を赤裸々に綴った悩める女子物語。

近藤史恵

夜の向こうの蛹《さなぎ》たち

二人の小説家と一人の秘書。才能と容姿が生む嫉妬、そして疑惑とは？ 三人の女性による心理サスペンス。

近藤史恵

スーツケースの半分は

あなたの旅に、幸多かれ——青いスーツケースが運ぶ〝新しい私〟との出会い。心にふわっと風が吹く幸せつなぐ物語。

柚木麻子

早稲女《ワセジョ》、女、男

自意識過剰で面倒臭い早稲女の香夏子《かなこ》と、彼女を取り巻く女子五人。東京で生きる女子の等身大の青春小説。

# 〈祥伝社文庫　今月の新刊〉

ソン・ウォンピョン 著
矢島暁子 訳
## アーモンド
'20年本屋大賞翻訳小説部門第一位！　怪物と呼ばれた少年が愛によって変わるまで――。

小路幸也
## 明日は結婚式
花嫁を送り出す家族と迎える家族。挙式前夜だから伝えたい想いとは？　心に染みる感動作。

南　英男
## 罰　無敵番犬
老ヤクザ孫娘の護衛依頼が事件の発端だった。巨悪に鉄槌を！　凄腕元SP反町、怒り沸騰！

岡本さとる
## 妻恋日記　取次屋栄三《えいざ》　新装版
妻は本当に幸せだったのか。隠居した役人は、亡き妻が遺した日記を繰る。新装版第六弾。

香納諒一
## 新宿《しんじゅく》花園裏《はなぞのうら》交番　街の灯《あか》り
終電の街に消えた娘、浮上した容疑者は難攻不落だった！　人気警察サスペンス最新作！

白石一文
## 強くて優しい
「それって好きよりすごいことかも」時を経た再会、惹かれあうふたりの普遍の愛の物語。

江上　剛
## 根津《ねづ》や孝助《こうすけ》一代記
日本橋薬種商の手代・孝助、齢十六。草鞋を購う一文を切り詰め、立身出世の道を拓く！

喜多川　侑
## 活殺《かつさつ》　御裏番闇裁き
新築成った天保座は、悪党どもに一泡吹かせる絡繰り屋敷!?　痛快時代活劇、第三弾！

町井登志夫
## 枕草子《まくらのそうし》　突撃清少納言
大江山の鬼退治と外つ国の来襲！　清少納言ほか平安時代の才女たちが国難に立ち向かう！